召喚ミスから始まる後宮スパイ生活
冷酷上司の過保護はご無用です

柊 一葉

Ichiha Hiiragi Presents

この作品はフィクションです。
実際の人物・団体・事件などに一切関係ありません。

召喚ミスから始まる後宮スパイ生活
冷酷上司の過保護はご無用です

プロローグ　召喚術、失敗？

紺碧（こんぺき）の夜空に浮かぶ、細く丸い月の環（わ）。

今宵は、数十年に一度の不思議な月が見られる特別な夜だ。

いつもより夜闇が濃い分、どこか怪しげな雰囲気が漂っている。

殺風景な石畳の中庭に、吹き荒れる風。

天遼（てんりょう）国後宮には延べ二千人もの使用人が働いているが、今は真夜中で後宮の片隅にひっそりと佇（たたず）む下級妃の宮の様子を気にする者は幸いにも誰もいない。

「嘘（うそ）でしょう……!?　死んでる……!?」

范采華（ハンサイカ）、十七歳。

皇帝陛下の妃（きさき）として後宮入りしたのが三カ月前のこと。

予定ではもうとっくに皇帝陛下にお会いして、目的を果たしているはずだった。

どこでどう間違えたのか、深夜の中庭で皇帝陛下らしきずぶ濡（ぬ）れの死体と対面している。

そう、皇帝陛下が目の前で死んでいる……。

私は石畳の上で呆然（ぼうぜん）とへたりこんでいた。長い黒髪は地面に流れ、初めて袖を通した煌（きら）びやかな薄紫色の襦裙（じゅくん）には砂埃（すなぼこり）がついている。

「私たち、皇帝陛下を死なせちゃったの……!?」

やってしまった。

祭器として持ち込んだ銀の器に、ばらばらに砕け散った翡翠（ひすい）の欠片（かけら）。儀式のために作った祭壇の前に、ぴくりとも動かない仰向（あおむ）けに倒れる死体がある。

その人は花模様の刺繍（ししゅう）が入った黒い装束を纏（まと）っていて、体つきや雰囲気からおそらく男性だ。

年は二十代前半。赤い髪は毛先からぽたぽたと雫（しずく）が滴っている。

顔色は青白く、瞼（まぶた）は固く閉ざされていて形のいい上がり眉は凛々（りり）しい。

ここにいらっしゃるのは、世にも美しい美男子の死体だった。

「あり得ない。召喚術は成功したはずなのに……」

すぐ隣から、同じく座り込んでいた流千（ルーセン）の声が聞こえてくる。

流千（ルーセン）は私の一つ下の弟だ。後宮では、占いや祈祷（きとう）を担う『仙術士』として一緒に暮らしている。

柔らかな薄茶色の髪をぐしゃりと乱暴に握るその仕草から、ついさっき召喚術を使った彼自身もまた激しく混乱しているのが伝わってきた。

黒い長衣に藍色の羽織というせっかくの礼装も、私と同じく乱れてしまっている。

人を殺すつもりなんてなかった。

そもそも『召喚術』で対象の命を奪ってしまう可能性を想像すらしていなかった。

私たちはただ、皇帝陛下に会いたかっただけ。

――皇帝陛下に会えないなら、いっそ召喚術でここへ喚んでみない？

一昨日の夜、流千がそんなことを言い出した。

普通の人にはない神力を生まれつき宿している仙術士の流千なら、条件が揃えば皇帝陛下をここへ召喚することができるという。

後宮に集められた妃は、最上位の四妃様たちをはじめ百人以上。皇帝陛下は誰のもとにも訪れたことはなく、どれほど待ってもそのお姿もお声も何一つ知ることは叶わない。

私は迷いつつも、その提案に乗った。

『皇帝陛下に会えたら、我が范家の窮状を直訴できる』

薬屋を営む范家は今、騙されて背負った借金で窮地に陥っている。

のんびり待っていては家が潰れてしまう……！

そんな焦りから私たちは召喚術を使ってしまった。

――その結果がこちら（死体）である。

「お死体様、何で濡れてるんだろう？　溺死？　召喚術は生きている人間しか喚べないはずなのに」

流千が不思議そうにそう言った。さっきまで混乱していたはずが、流千は冷静さを少し取り戻したらしく現状を分析し始めている。

お死体様という呼び方はどうなんだ……と疑問に思うも、今の私にはそれを口に出す元気はない。

ところがその瞬間、力なく横たわっていた死体がわずかに動く。

「かはっ……！」

「ひぃっ!?」

「動いた!?」

青年が肩を揺らして大きく咳き込むのを見て、私たちはぎょっと目を見開いてお互いにしがみつく。

彼の口からは少量の水が吐き出され、続けて何度も咳き込んだ。

「大変!」

私は慌てて彼のそばに寄り、出てきた水が喉に詰まらないように体勢を変える。

青年の肩や背中を支えて横向きにすると、さらに水が吐き出された。

「がはっ……!」

もう一度水を吐かせた後で、流千が彼の呼吸を確認して言った。

「生きてる。気を失っているだけみたい」

「よかった……!」

とにかく生きていたという事実に、私はホッと胸を撫で下ろす。

石畳の上にもう一度寝かせ直すも、彼が目を覚ます気配はなかった。

濡れた髪は頬に張りついていて、ところどころに藻や枯れ葉のくずが付着している。着ているものは上等なのに、どうしてこんなにびしゃびしゃで汚れているのか不思議だった。

「ねぇ、この人って……?」

じっとその顔を見ていると、ある疑問が生まれた。

「本当に皇帝陛下なの？」

確か、皇帝陛下は二十三歳。この人の見た目は、その情報と一致している。

けれど何かがおかしい。

流千（ルーセン）も同じことを思ったようで、じっと見つめて言った。

「このお死体様ってさ」

「生きてるからね？　死体じゃないから」

「宮廷の役人と同じ服じゃない？」

私は驚きで目を瞠（みは）る。

そうだ、この服には見覚えがある。

花模様の刺繍が入った黒い装束は、後宮入りしたときに門のところにいた役人が着ていたものと同じだった。

しかも、この青年の腰には刀もある。皇帝陛下なら護衛がいるから刀はいらない。

「まさか」

自分の顔から一気に血の気が引くのを感じた。

「この人、皇帝陛下じゃない⁉」

「ごめん、人違いだ！」

「ええええ‼」

「どうしよう、采華（サイカ）！　関係ない人を召喚しちゃった！」

私たちは顔を見合わせて狼狽える。

死体じゃなかったのはよかったけれど、これはこれで予想外だった。

「こんなはずじゃなかった……皇帝陛下を喚ぶつもりが……とにかくこの男を隠さなきゃ」

「隠すってそんな」

「ど、どこかに埋めるとか」

「何を言っているの⁉」

弟がとんでもないことを言い出した。これは相当に動揺している。

「そんなことできるわけないでしょう⁉　この人は生きているのよ！」

いくら誰にも見られていないからって、知らない人を勝手に召喚した上にさらに罪を重ねるわけにはいかない。

この青年は酷く弱っているように見えるけれど、今すぐ介抱すれば十分に助かる状態だ。むしろ何もせず放置すると本当にお死体様になってしまう。

頬や首筋に触れるとひやりとしている。

「早く温めなきゃ！」

「いや、でも目を覚ましたら面倒なことに」

「薬屋が人を殺すなんて絶対にだめ！　流千、この人を寝所へ運んで！　私はお湯と布を用意するから！」

「わ、わかった」

私は勢いよく立ち上がると、急いで厨房へ向かう。

「勝手に召喚しておいて、皇帝陛下じゃなかったから『さようなら』なんてできるわけないじゃない……！」

私は妃である前に薬屋の娘なのだ。弱っている人をそのままにはできない。

でも、どうして皇帝陛下ではなく彼だったのだろう？　そんな疑問が一瞬だけ頭をよぎるも、今は彼の介抱に全力を尽くそうと心に決めるのだった。

第一章　謝罪と押し売り

『この世には、金銀財宝よりも大切なものがある』

病に苦しむ人を想い、いつだって身を粉にして薬づくりを行ってきた父が言っていた言葉だった。

範家は『範気堂』という天遼国で最も古い薬屋を営んできた。

けれど半年前に人の好い父が騙されて莫大な借金を背負い、店も家も何もかも理不尽に奪われそうになっている。

努力しても日に日に悪化する資金繰り。自分たちではもうどうしようもないという状況に陥って思い出したのは、五年前に即位した皇帝陛下、玄苑様のこと。

当代の皇帝陛下は宮廷の役人や貴族の腐敗を容赦なく粛清するお方で、陛下に直訴すれば公正なご判断で範家を助けてくれるかもしれない。

それで私は、皇帝陛下と直接言葉を交わせる後宮妃になるしかないと考えた。

『人の命は何より大事。そこに身分や性別の貴賤はない』

幼い頃から父よりそう教わった。

この国で最も恵まれている首都においても、薬はごく一部の人しか手に入らない。

それでも范(ハン)家は代々できるだけ多くの人が必要な薬を買い求められるよう、王都の人々に薬を提供してきた。

安価でよく効くと評判の茶や薬を材料から厳選して作り、身分を問わず病や怪我(けが)で困っている人々のために尽くす。

そんな両親が私の誇りであり、自分も早く店を継げるようになりたいと薬のことを学んできた。

今、その范(ハン)家が取り潰しの危機に陥っている。

「早く皇帝陛下にお会いして、嘆願書を渡さなければ……！」

召喚術を行使する二日前。

私は、箒(ほうき)を手にしてボロボロの宮を掃除しながらずっとそのことを考えていた。

薬の販売を管轄する尚薬局(しょうやっきょく)には文を何度も送っているが返事はなく、范(ハン)家の両親や薬師の皆、使用人たちは窮地に立たされたまま。

この国では尚薬局の許可がなければ薬を売れない。店同士のいざこざも間に入ってくれるはずなのに今回は介入する気配がなかった。

「尚薬局がきちんと仕事をしてくれればこんなことになっていないのに！」

箒の柄を強く握り締めながら嘆いていると、厨房で粥(かゆ)を作っていた流千(ルーセン)がひょこっと顔を出して言った。

「あっちは無理だね。尚薬局の役人は、父さんを騙した伊(イ)家から賄賂をもらっているだろうから」

伊(イ)家はうちと同じ薬屋だが、貴族だけを相手にして多くの儲(もう)けを出している。

人の命よりも金の方が大事なのだ。

そのため、范家とは相容れない存在だった。

ところが一昨年、なぜか『より多くの人を救うために共に丹薬の研究をしないか』と持ちかけられた。

丹薬とは鉱物と薬を混ぜて作る秘薬で『どんな病も治せる』『不老不死になれる』と言い伝えられていて、それを求める人々はとても多い。

父は世のため人のためになるのなら……と人助けのつもりでその話を受けた。私たち家族が止めるのも聞かずに。

人を信じやすい父の主張としては『伊家のご当主にも薬を扱う者として人々を救いたいというお心があるのだよ』ということだったのだけれど――。

「父さんもばかだよね。伊家に良心なんてあるわけがないのにさ」

流千が遠い目をする。

その日からは呆れや哀れみ、やるせなさなど色々な感情が見て取れた。

私も、父のお人好しはちょっと行きすぎだと思っていた。でもそこが尊敬できるところでもあり、これまでも騙されたばかりではなかったからさほど強く止められなかった。

「伊家をこれ以上のさばらせたくない人たちが范家に味方してくれているうちは店を続けられるけれど、それだって何年も続かないわ。家を守るには、皇帝陛下に直接お願いするしかない」

「何としても、皇帝陛下に直接会わなきゃ」

「ええ、急がないと……！」

私は箒を握り締めたまま、下を向いて考え込む。

母は心労が重なり倒れてしまい、娘の私がこのまま見ているだけではいけないと奮起して必死で伝手を探し、過去に父が助けた貴族の紹介で後宮妃になったのだ。

私が諦めるわけにはいかなかった。

流千は長い匙を手にして、粥を鍋から直接掬って口に運び始めた。

「あっ、こら。流千、ちゃんと椀によそって食べなさい」

「ん～。ここはいよいよ僕の仙術の出番かな」

「聞いて？　お姉ちゃんが怒ってるのよ？」

「まだちょっと麦が硬いな」

まるで人の話を聞いていない流千が、竈に右の手の平を翳せば念じるだけで薪が赤く燃え上がる。

仙術士はこんな風に不思議な力を持っている。

生まれつき神力を宿しているためで、火や水、風を操ったり、占いによって吉凶を予測したり、悪しき力を退けるための結界を生み出したり魔を祓ったり……と常人にはできない術が使えるのだ。

男子禁制の後宮に宦官でない弟がいられるのは、この仙術士という職業のおかげだった。

天遼国では高貴な方々は占いを重んじる傾向があり、何か起きれば事あるごとに「時がよくない」「方角の吉凶が！」と不安がる。

特に嫉妬を買いやすい上流階級ともなれば『呪い』や『祟り』といった目に見えない力を恐れる

のだ。

高貴な方々にとっては大変に役立つ存在で、この後宮においても『妃付き仙術士』は男性であっても仕えることが許されていた。

といっても、大抵の仙術士は高齢だ。何十年も修行しないと仙術を習得できないから。後宮の規定もまさか十代で仙術士を名乗る者が現れるとは想定しておらず、なんと年齢の制限がなかった。

流千（ルーセン）は規定の穴を突き、しれっと私についてきたのだった。

粥がぐつぐつと音を立てるのを見ながら、流千（ルーセン）は言う。

「僕はこの日のために厳しい修行に耐えて、仙術を磨いてきたのかもね」

「一年で修行場を追い出された子が何言ってるの？」

耐えてない、耐えてない。

私は呆れて目元が引き攣（つ）る。

仙術士は何十年も山に籠って鍛錬を行うのが普通だが、流千（ルーセン）は過酷な暮らしと狭い世界での嫌がらせに耐えきれず、先輩仙術士たちと喧嘩（けんか）をして一年で王都に戻ってきてしまったのだ。

せっかく才能を見込まれて仙術士の名家の養子となり、ゆくゆくは歴史に名を残すような立派な仙術士に……と家族皆で送り出したにもかかわらず本当に短い間のお別れだった。

名前だって元の范甲天（ハンコウテン）から朱流千（シュルーセン）に改めたのに、すぐに出戻ってくるとは思わなかった。

年齢にそぐわない類稀（たぐいまれ）なる才能があることは間違いないのだが、自分が一番大好きなので努力や修行は性に合わないらしい。

「これまでは竈の火をつけたり甕(かめ)の中の水を増やしたり、そういうことにしか使っていなかっただろう？　宮廷には特殊な結界が張ってあるから、建物の内部をここから覗(のぞ)き見ることも難しかった。でも、月が消える夜がもうすぐやってくる。神力が満ちるその夜なら、大きな術が使えると思う」

「大きな術？」

月が消える夜は、何年かに一度訪れる。

完全な暗闇に包まれることもあれば、太陽の環が夜空に浮かぶこともあるという。近頃、流千(ルーセン)は神力が少しずつ高まっていくのを感じているそうで、もうすぐその夜が近づいているとわかるのだと笑った。

「仙術はいつでも使える術と機を選ぶ術があるから。直近で言えば、僕らが後宮へ来る前の新年の宴があった日が仙術士の力を高めるいい機会だったんだ。で、次の好機は月が消える夜」

「その時を逃せば、この先はもうしばらく機会がなくなってしまうってこと？」

「うん」

「……」

私は何と答えていいものか悩んでいた。

皇帝陛下には会いたい。会って范(ハン)家の窮状を知ってほしい。

でも流千(ルーセン)は優秀だけれどそれ以上に好奇心旺盛なところがあるから、その大きな術というのがまともなものなのかが不安だった。

「あなた一体何をするつもり？　まさか空を飛んで宮廷に侵入するとか？」

護衛に見つかったら矢を射かけられるのでは、と不安がよぎる。

私が真剣に心配しているのに流千は「そんな子どもみたいなことしないよ」と笑った。

「皇帝陛下に会えないなら、いっそ召喚術でここへ喚んでみない？」

「は？」

「だって来てくれないんだから喚ぶしかないでしょう？」

あまりに大胆な方法に、私は息を呑む。

召喚術を使って皇帝陛下をここへ喚べば、確かにお目通りが叶う。でも……。

「召喚術って、会ったこともない皇帝陛下をここへ喚べるの？」

そんなことができるのだろうか？

流千が不思議な術を使えるのは知っているけれど、人を召喚できるとは半信半疑だった。

「僕の神力だけじゃなくて、祭器や呪符、翡翠なんかも使うけどね。それに、皇帝陛下の髪の毛も」

「髪の毛なんてどこで手に入れるの……？」

皇帝陛下は後宮に足を運ばない。

そのお姿もお声も何もわからないし、まして近づいて髪の毛をいただけるのならそもそも召喚しようという話にはなっていないのだ。

「皇帝陛下は政には熱心な方だって噂だから、外廷には必ずいるだろう？」

「それはそうね」

外廷には政を担う尚書省や議場などがあり、皇帝陛下はいつもそちらにいらっしゃった。ここから建物は見えるけれど、後宮との間には高い壁が存在する。

こっそり外廷に入れたとしても、皇帝陛下には気軽に目通りできないことは明らかだった。

眉根を寄せる私に対し、流千（ルーセン）はにやりと笑う。

「外廷の掃除係に金を渡して、陛下の髪の毛をもらってくる」

「まさかの買収!?」

「当然、それだけじゃないよ？　召喚術で使う呪符に『皇族である羅（ラ）家の血を引く成人男子』って条件をしっかり書くんだ。対象を記した呪符を神力で起こした火にくべる」

「え？　皇帝陛下、ではだめなの？」

「それは役職というか地位だから。あぁ、呪符のほかにも必要なものがあるからそれはこれから用意する……問題はほかの仙術士に気づかれないための対策かな？　邪魔されたくないもんね。ここ以外の宮に、呪符を燃やした灰をこっそり紛れ込ませるのがいいかな。あとは」

「ちょ、ちょっと待って。もう召喚術を使うって決めてるの!?」

相談じゃなくて報告だったの!?

私は慌てて流千（ルーセン）の話を遮る。

召喚術については何となくわかったけれど、大きな問題が残っていた。

「召喚なんて、皇帝陛下からすればただの誘拐なんじゃゃ……」

誰だって勝手に召喚されたら恐ろしいだろうし、怒るだろう。

召喚されたときに皇帝陛下はどのような感情を持たれるのか？

せっかくお会いできても話を聞いてもらえなかったり、何なら誘拐罪で死刑になったりしない？

私は箒を放り出し、流千に詰め寄った。

「落ち着いて、別の方法を考えましょう！」

「考えた結果、もう手詰まりなんじゃないか」

「それは……」

「あ、召喚術を使うとき、采華は別に一緒にいなくていいよ？」

「どうして⁉」

後宮へ入ると言い出したのは私なのだ。私には、姉として弟を連れてきた責任がある。

「術を使うなら私もそばにいるからね！　一人でそんなことさせられるわけないでしょう！」

即座にそう言うと、流千はそっと目を逸らしながら呟いた。

「いや、でも何かあって揉み消したいときに采華がいたら邪魔……」

「揉み消すって何」

皇帝陛下がお願いを聞いてくれなかった場合は『なかったこと』にでもするつもり⁉

父の良心の欠片も受け継いでいない。

じとりとした目で睨むと、流千はいきなり真剣な顔に変わる。

「……今が禁術の使い時だと思うんだよ」

「召喚術って禁術なの？」

「そりゃそうでしょう？　だから、采華は一緒にいなくていいって。僕が一人で何とかするから」

「…………」

昔からそうだ。流千は私の言うことなんて聞かないし、このまま放っておくと勝手に一人で召喚術を使うはず。

普段は生意気で自由な弟だけれど、こんなところについてきてくれるほど私を大事に想ってくれている。きっと召喚術の責任も自分一人で負うつもりなんだ。

「あなたって子は」

「だってほかに方法なんてないよ。このまま待っていても、どうせうちはおしまいだろう？　だったらできるだけのことはした方がいいじゃないか。心配はいらないよ、采華に迷惑はかけないから」

いや、さすがにそれは無理がある。

私たちは姉弟で、妃と仙術士なのだ。一蓮托生、処分されるなら諸共である。

もしも自分は逃げられるとしても、流千だけに責任を負わせるなんてしたくない。

私はさっそく行動に移ろうとする流千の肩をぎゅうっと摑み、まっすぐに見つめて言った。

「逃がさない」

「え？」

「召喚術を使うなら、私もその場で見届ける！　約束してくれるまでは離しません！」

「えええ……？　痛い痛い痛い、ちょっと離してよ⁉」

「嫌」

流千は本気で嫌そうな顔をしていたけれど、私は一歩も引かなかった。

「どうせ皇帝陛下に会えなければ范家は潰れておしまいでしょう？　そうなったら後宮でただ朽ち果てるだけの私に何の意味があるの？　だったら私も覚悟を決めるわ！」

「采華、やけになっていない？」

無謀なことだとわかっているけれど、もうほかに方法はない。

皇帝陛下に窮状を訴えることができたなら、その後でいくらでも罰は受けよう。私たちは、皇帝陛下に会うためにここへ来たんだから……！

私は、召喚術に人生を賭けることにした。

まさかそれが『別人を召喚してしまいました』という大事件に発展するとは知らずに――――。


召喚術の失敗からまもなく、人違いでここへ喚ばれてしまった青年は私の寝所で眠っていた。

流千の長衣はこの人には少し袖が短く、でも脈を測るのにはちょうどいい。

腕の太さや逞しい体つき、小さな傷がいくつも見られることからこの人は常日頃から危険な環境に身を置いてきたようだった。

寝台で眠る彼の傍らで座って容体を見守っていると、背後から流千が声をかけてきた。

「こちらのお死体様……じゃなかった、お役人様？　は、濁流にでも呑まれたのかな？　服が藻や泥だらけで、縫い目にまで入り込んでて取れないよ」

流千は文句を言いながらも、彼の着ていた服や帯を洗って編み細工の間仕切りに干してくれた。

彼の身に着けていたものはどれも上等で、かなりいい家柄の出身なのだろう。

何でそんな人が夜にびしょ濡れに……？　水辺を歩いていて、うっかり落ちたんだろうか？

かなり体力を消耗しているようだから、もう少しで溺死するところだったのかもしれない。

私は彼の手首をそっと離し、掛け布を整えた。

着替えさせて火鉢で部屋を温めたから、体温も次第に上がってきたみたいで安心した。

「事情はわからないけど、とにかく今はこの人が目を覚ますのを待つしかないわ」

私がそう答えたのとほぼ同時に、ずっと眠っていた彼が「うっ」と小さな声を上げて薄く目を開けた。

「あっ、気がつきましたか？　お名前やお年は言えますか？」

「…………」

まだ意識がはっきりしていないらしい。

私が話しかけても、彼はしばらく天井を見つめていた。ところが急に上半身を起こそうとして横にふらつき、私は慌てて彼の体を両腕で支える。

「いきなり起きてはいけません！」

「…………行かなければ」

「え？」

「離せ。俺に……構うな」

私を突き飛ばすようにして強引に離れた彼は、荒い呼吸が相当につらそうだった。

こんな状態で出かけてはいけない。私は必死で彼を止めた。

「今はまだ無理です！　まずはしっかり休まないと！」

「うるさい」

「死にたいんですか⁉」

「死んだらそれまでのこと」

そう言った彼の口元がうっすらと笑っていた。自分自身を嘲笑うかのように。

自分の命など大した価値はない、そんな考え方をしているのだと思ったらカッと頭に血が上ってしまった。

「行かせません」

「っ……！」

私は強引に彼の腕を取り、寝台に押し倒す。

艶やかな襦裙姿に似つかわしくない馬乗りに近い状態で、彼を見下ろした。

何があったかは知らないが、死に急ぐ行動は許せない。

薬を求めてやってくる人々はとても切実な表情で「生きたい」と願っていた。彼らの思いを知っている身としては、「死んだらそれまで」だなんて命を粗末に扱うこの人を見過ごせなかった。

「今動いたら死ぬかもしれないんですよ！　あなたもわかっているでしょう⁉　どんな事情があろうと、今は休んでください！」

私の剣幕に驚いたのか、彼はぎょっと目を瞠り言葉を失う。

命は何より最優先。勝手に召喚した負い目がないわけではないが、弱っている状態でここから出すわけにはいかなかった。

「『死んだらそれまで』だなんて言わないで！　命は一番大事なの！」

起き上がらせてなるものか、と私は怒鳴りながら彼を睨む。

「采華（サイカ）、ちょっと」

「何？」

横から流千（ルーセン）の声がして、自分の下にいる彼から目を逸らさずに返事をした。

「さすがにその体勢はまずいよ。襲ってるようにしか見えない」

「そんなこと言われても、この人が……」

起き上がろうとするんだからこうするしかないでしょう。

流千（ルーセン）の顔をちらりと見れば、やりすぎだと呆れた目をしていた。自由奔放な弟がこんな顔をするのだからよっぽどだめなことなんだろう。

迷いが生じた隙に、おとなしく私に押し倒されていた彼がいきなり私の腕を掴んでぐっと引いた。

「きゃあ！」

「采華（サイカ）！」

一瞬のうちに二人の体勢が入れ替わり、今度は私が仰向けになって押し倒された。

「…………」

「…………」

見上げた彼の目があまりに鋭く、伝わってくる苛立（いらだ）ちや敵意に体が強張（こわば）る。

逃げなければ……！　そう思っていても目を逸らすことさえできない。

顔色は悪いし呼吸も荒いのにすごい力で抗えなかった。

普通の役人じゃない？　一体何者なんだろう……？

「おい！　采華を離せ！」

流千が慌てて彼の肩を摑み、私から引き剝がそうとする。

「女に押し倒されたおまえが悪いんだろう！　何やり返してんだよ、器が小さすぎるぞ！」

弟の暴言に私はびくりとする。

二人がかりでもこの人を押さえられるかわからないのに、今刺激しないでくれる⁉

けれど流千は止まらない。

「だいたい、こっちは休めって言ってるだけだからな！　無茶して死ぬのはおまえなんだよ！　ってゆーか今死ね！　くそっ、こんなやつ助けるんじゃなかった！」

「もうやめて。お願い流千、黙って」

私の小さな声が寝所に響く。

流千に肩を摑まれてもびくともしないこの人は、今もずっと私を見下ろして睨んでいる。

まだ夜明け前の後宮はしんと静まり返っていて、やけに心臓の音がどきどきと大きく聞こえる気がした。

殴られる？　首を絞められる……？

そんなことが頭をよぎる。けれど予想に反し、私を摑んでいた大きな手はすっと離れていった。

「え？」

どうやら解放されたらしい。私がゆっくりと身を起こすと同時に、彼は寝台の端に片膝を立てて座り、苛立ちを含んだ声で言った。

「……一刻だ。一刻はおまえの言う通りに休む」

「は、はい」

一刻なんて、ひと眠りするには少し短い。でもここで意地になっても仕方がないことはわかっていた。

私はすぐに寝台を下り、彼を一人にしようと流千（ルーセン）の袖を引っ張って部屋を出る。

「水さしは卓の上にありますので。ほかに必要なものがあれば呼んでください」

「…………」

引き攣った笑みでそう伝えるも、返事はなかった。まだかなり警戒されている。

うん、目覚めたら知らないところにいたんだから警戒するよね……！

でも今はとにかく休んでもらうことが大事なので、私たちは静かに退出して流千（ルーセン）の部屋へと向かうしかなかった。


それから一刻と少し経（た）った頃。

私と流千（ルーセン）は再び彼のもとへ戻ってきて、床に敷いてあった薄い絨毯（じゅうたん）の上に座っている。そして、寝台に腰かけている赤髪の美丈夫から鋭い視線を向けられていた。

「一体これはどういうことなのか、説明してもらおう」

息をしているか様子を確認しに来たら、扉を開けた瞬間に彼が目を覚ましてしまいとてもびっくりした。来なきゃよかった……と思ってももう遅い。

見たところ少しは眠ることができたようで、さっきよりも顔に生気が戻っていた。

とはいえ未だ顔色は悪く、彼がこうして起き上がって話せているのが不思議なくらいだ。

「まずは食事をした方がよろしいのでは？　話せば長くなりそうなので」

流千がそう提案するも、彼が頷くことはない。卓の上には茶と粥、薬を用意してあるのに、相変わらずの警戒っぷりでまったく手はつけられず冷めていっている。

いきなり知らない場所で目覚めたんだし、状況が知りたいっていう気持ちはわかるけれど……。

今は話よりも体力回復を優先すべきだ。そう思った私は、彼の機嫌を窺いながらお願いする。

「毒は入っていないので、お体のためにとにかく食べてくれませんか？」

「そんなことはわかっている。殺すつもりならとっくにやっているだろう」

「だったら」

「話が先だ」

こちらが何を言おうが彼は聞き入れようとしなかった。

「今は何日だ？」

その声音から相当に焦れているのがわかる。

「清明の月の十五日でございます」

「十五？」

彼の眉がわずかに動く。

疑っているみたいだが、証明できるものはないので信じてもらうほかはない。

「ここはどこだ？　窓から朱色の屋根の建物が見えたが、あれは宮廷で間違いないのか？　おまえたちはここに住んでいるのか？　名前と身分は？」

矢継ぎ早に尋ねられ、私と流千（ルーセン）は困った顔で目を見合わせた。

これはもう質問に答えるしかない。

私は彼に向き直り、姿勢を正して胸の前で合掌する。

「范采華（ハンサイカ）と申します。こちらは仙術士の朱流千（シュルーセン）です。私は薬屋の范気堂（ハンきどう）を営む范（ハン）家の娘で、三カ月前に後宮へ参りました。あちらに見えるのは宮廷で間違いありません。ここは後宮の外れでして、私に与えられた宮です」

彼は黙って話を聞いていたが、ひび割れた壁や建てつけの悪い扉を一瞥（いちべつ）してほんの少し目を眇（すが）めた。

あぁ、「こんなに古びた宮に妃が住んでいるのか？」と疑問に思ったのだろうな。

がんばって掃除したんだけれど……と少し居たたまれない気持ちになる。

「あの、お名前を伺っても？」

私は恐る恐る尋ねる。

「何のために？」

険しい顔が一層険しくなった。

怖い。私がこれまで出会った人の中で、最も威圧感がある。

具合がよくないからこの険しさなのか、それともこれがこの人の普通なのか？

誤解を生まないよう、私は彼の機嫌を窺いながら説明した。

「便宜上、知っておいた方がいいかと思いまして。あくまで『呼び名』が必要ということです。他意はございません」

貴族の場合、名前を名乗り合うのは懇意にしたいという意味があるのだと聞いたことがある。でも私にそういう考えはまったくなく、ただ話すのに不便だから名前を教えてほしかった。

偽名でもいいんですよと目で訴えかければ、彼は一拍置いてから名乗った。

「紅仁蘭（コウジンラン）だ」

「紅（コウ）……？」

どこかで聞いたことがある。

紅（コウ）家といえばこの国でも有数の名家で、皇帝陛下を支える一族だ。その領地は広大で、天遼（てんりょう）国建国時からの出緒正しい貴族家。庶民の私でも知っているくらい有名な家だった。

「紅（コウ）家のご当主様ですか？」

「違う。当主は兄だ」

「ご当主様の弟君でいらっしゃいますか……」

「知っていて俺を攫（さら）ったのではないのか？」

「攫っ……⁉　いえいえいえ！　私たちは何も存じ上げず……」

召喚術の対象は、皇帝陛下だったのだ。決して仁蘭様を狙ったわけではない。

私が慌てて否定するも、彼はまだ疑っているように感じられた。

まずい。紅家の怒りを買えば范家など即座に取り潰されてしまう。起死回生の大逆転を狙った結果、別の脅威が迫っている。

渾身の愛想笑いが消えていった。

「紅仁蘭様、このたびは誠に失礼をいたしました！」

とにかく謝るしかない。私は深々と頭を下げる。

一体この状況をどう説明すればいいの？

召喚術を使ったなんて話をそもそも信じてもらえる⁉

でもなぜこの方を間違えて召喚してしまったのか、私たちにもわからない。

手に入れた髪が皇帝陛下のものではなかった？　それとも儀式自体に問題があった？

わからない……！

この事態をどう収めればいいか、冷や汗が背中を伝う。

「大変申し訳ございません。ご迷惑をおかけいたしました」

私はひたすら謝り続ける。

「…………」

仁蘭様の反応がないのでちらりと顔を上げれば、その目線は流千の方に向かっていた。

流千(ルーセン)はそんな状況でも背筋を伸ばして座っていて、堂々とした態度を貫いている。

仁蘭(ジンラン)様の視線にも「僕が何か？」という風に目だけで問い返していた。

「朱流千(シュルーセン)といったな。随分と若いが本当に仙術士なのか？」

「ええ、僕は妃付きの仙術士です。きちんと届け出ていますので、後宮の人事を担っている管理局に確認していただければ」

じっと流千(ルーセン)を見下ろす仁蘭(ジンラン)様。流千(ルーセン)の堂々とした態度に、仙術士だというのは本当だと信じてくれた様子だった。けれど、変わらず険しい声で話し始めた。

「今が十五日ということは、俺が祖呉江(そごこう)の激流に呑まれたのは昨夜ということになる。それなのに、気づいたらここに運ばれていた」

祖呉江(そごこう)は、王都の北東に位置する山から流れる川だ。

首都を巡っているのはその支流で、本流である祖呉江(そごこう)の辺りは馬で駆けても二日ほどかかる。

薬草が豊富に自生しているので、一度は採取に行ってみたいと考えていたのを思い出した。

「おかしいと思わないか？　祖呉江(そごこう)と後宮は一晩で移動できる距離ではない」

「そうですね」

「仙術士の仕業なら十分にあり得ることだが、な」

自分がここにいるのは流千(ルーセン)の術のせい、仁蘭(ジンラン)様はそう確信しているようだった。

見事に正解である。

淡々と答えを導き出した上に、その声に怒りの感情は感じられないところがなおさら怖い。

黙り込む私とは正反対に、流千は前のめりになり大きめの声で主張した。

「確かに、仁蘭様をここへお連れしたのは仙術士の僕です。つまり激流に呑まれても助かったのは、僕らのおかげってことですよね！」

すごく都合のいい方向に持っていこうとしている！

流千の豪胆さに、私は唖然としてしまった。

しかし仁蘭様は騙されてくれない。はっと鼻で笑い「だったら何だ？」と言い捨てる。

「俺がいつ頼んだ？　第一、後宮や宮廷で使用していい仙術は決まっているはずだ。見ず知らずの他人を異なる場所に移す術など認められていない」

「ぐっ……」

「朱流千は、許可されていない術を勝手に使用した罪ならびに貴族を攫った罪。范采華は、妃の寝所に皇帝陛下以外の男を招き入れた不義の罪。おまえたち二人はよくて国外追放、場合によっては処刑もある」

仁蘭様の言葉はもっともだった。反論の余地がなく、私は青褪め、流千は悔しそうな顔で恨み言を漏らす。

「皇帝陛下は後宮に来ないのに、采華が不義の罪を負わされるなんて理不尽だ」

「人を連れ去ったやつがどの口で理不尽と言う？」

「鬼だ、鬼がいる」

「侮辱罪も追加しようか？」

あぁ、これはもうだめだ。どう考えてもこの場で言い逃れすることはできない。

どこまで事情を汲んでもらえるかわからないけれど、弟のことは私が守らなければ……！

「今度のことは、すべて私の責任です。私が召喚術を使えと命じました」

「采華！」

私がそう言うと、流千が慌てた声音で名前を呼んだ。

流千が口を挟めないよう、私は仁蘭様の目をまっすぐに見て訴えかける。

「どうしても皇帝陛下にお会いしたかったのです。召喚術を使えば、後宮にお越しにならない皇帝陛下にも直接お話ができると思いまして……」

「話？」

「はい、我が范家は今危機に瀕しています。それを直訴したくて……でも誤って仁蘭様をここに喚んでしまいました」

范家の父が騙され、店を奪われそうになっていること。あれこれ手は尽くしたものの、尚薬局に相手にしてもらえなかったこと。

皇帝陛下に一度も会えないまま時間だけが経ち、焦っていたこと。

これらを説明する間、仁蘭様はただ黙っていた。

「私の浅はかな行動で、誠に申し訳ないことをいたしました。本当にすみませんでした」

最後にもう一度深く謝罪をする。

間違って召喚されたこの方には何の関係もない話で、ただただ迷惑をかけた。

仁蘭(ジンラン)様の言う通り、処分されても文句は言えない。何もかも覚悟して、私は謝罪した。

少しの沈黙の後、仁蘭(ジンラン)様は怪訝(けげん)な顔で尋ねてくる。

「嘘をついているようには見えないが、なぜ本当のことを話す必要が？」

「なぜ……？」

私はやや首を傾(かし)げる。

隠し立てできないのであれば、巻き込んだ側の責任としてきっちり説明するしかないのでは？

彼は、私がどうして本当のことを話したのか理解できないようだった。

「正直に話したところで、どうせ処罰を受けると考えなかったのか？」

「でも今ここで嘘をつく意味もございませんし、巻き込んでしまって申し訳なかったと思いまして。何より、悪いことをしたら謝るのが当然でしょう？」

「当然？」

「は、はい」

会話が嚙(か)み合っていないというよりは、互いの価値観が重ならない。そんな気がした。

しばらくの静寂の後、流千(ルーセン)が真面目な顔つきで言った。

「確かに、僕たちの行いはよくないものでした。ですが、やむにやまれぬ事情があって……！　妃の誠意に免じてどうかお許しを……！　僕たちは仁蘭(ジンラン)様の敵ではありません。どうかそれだけは信じてください」

心から反省している空気を醸し出しているが、私は気づいていた。

流千、絶対に謝りたくないのね？

まだごまかせるって思っているのね？

私が呆れた目を向けても、流千はじっと仁蘭様を見つめ続けていた。

「刀を奪っておいて信じろと？」

仁蘭様は薄く笑いながら、冷たい声でそう言った。

「あっ、刀！」

そうだった。仁蘭様と共に落ちていた刀は、預かったままだった。

私は「少々お待ちください」と断りを入れてから、厨房に置いてあった刀を取って戻ってきた。

そして、寝台に近づき刀を彼の前に差し出した。

「どうぞ。錆びるといけないのでカタバミの葉で軽く拭っておきました」

後宮にはカタバミがたくさん生えていて、春の訪れと共に少しずつ花を咲かせている。鏡を拭くために葉を集めていたらそれが役立った。

彼は本物かと疑っている様子で、右手で刀を受け取った。あっさり返されて意外だったのかもしれないが、物取りじゃないんだから刀なんて奪ってもどうしようもない。

仁蘭様は鞘を抜き、刀の状態を目で確かめてから静かにそれを戻した。

「刀まで返すとは……。おまえは自分の状況をわかっていないのか？」

何だか呆れられている気がする。

でもこの方は流千の無礼な態度にも怒ることはなかったし、もしかして話の通じる人なんじゃないかと思い始めていた。

少なくともいきなり斬りかかってくるような人ではないと思う。

「状況ですか？　わかっていますよ」

「ならば刀は返すべきではなかった」

「今さらそんな風に言われても……」

流千の視線からも、「返さない方がよかったのに」という思いが伝わってくる。

「私は何も考えずに刀を返したわけではないですよ？　仁蘭様は目覚めたときにちょっと暴れただけで私を殴ったり蹴ったりしませんでしたし、刀を返しても大丈夫だと思って」

「おまえの『大丈夫』の基準が理解できない。俺のどこに信じられる要素があった？」

「勘です。昔から私の勘は当たるんです」

「わかった、では勘が外れたということでお望み通り今すぐ斬ろう」

そう言って仁蘭様は手にしたばかりの刀を抜こうとしたので私は慌てて一歩下がる。

「すみません、やめてください。助けて……！」

話の通じる人ではなかった！

必死の形相で命乞いをしていると、立ち上がった流千が私の肩をそっと掴む。ごく自然に私は流千の背中に隠された。

「あの、仁蘭様に一つ提案があります！」

この状況と合わない明るい声だった。

仁蘭様は不信感たっぷりの目で流千を見る。

「提案だと？」

「はい、ここで僕らを斬ったところで何の得にもなりませんので、もっと利のある話をしませんか？　こちらにも色々な事情がありますが、仁蘭様にも何か複雑な事情があるように見えました」

「…………」

「ご自身で祖呉江へ行かなきゃいけないくらいお忙しいみたいですし、強力な護符を刀につけるほど誰かに心配されていらっしゃる」

流千は、仁蘭様の刀の柄についていた薄青色の石を指さしていた。私には飾りの宝石にしか見えなかったけれど、護符と表現したということはそこに神力が込められているらしい。

仁蘭様は流千の言葉を否定することなく、その真意を探るように睨んでいた。

「ここは穏便に取引をしましょう？　僕はけっこう使えますよ」

まさかの押し売りが始まった。

笑顔で話す流千は、仙術士ではなく商人に見える。

すごいわ、流千。こんなに信用の低い取引は初めてよ？

我が弟ながらどこまでも図太かった。

「取引ね……それはおまえたち二人を見逃せと？」

「はい、何もなかったことにしてもらいたいんです。それから、皇帝陛下への嘆願書も仁蘭様から渡していただきたい」

「随分とおまえに都合のいい話だな」

　二人のやりとりを、私ははらはらしながら見守る。

　流千(ルーセン)の言った条件で取引ができるなら、願ってもいないことだ。ただし、あまりにこちらに都合がよすぎて、一体どれほどの代償を払えばいいのかわからない。

　そもそも取引に応じてくれるのか？

　仁蘭(ジンラン)様は刀を握っていた手を顎に持っていき、神妙な面持ちで何かを思案していた。

　私たちはじっと彼を見つめながら答えを待つ。

「確かに、使える仙術士は欲しい。人を召喚できるほどの仙術士はそうそういないからな。……人質がいればそう簡単には裏切らないだろうし、悪くない話だ」

　人質って私のことですか？

　仁蘭(ジンラン)様がじっとこちらを見てくるので、居心地が悪くなり目を逸らした。

「仙術で人捜しはできるか？」

　予想外に、仁蘭(ジンラン)様は前向きだった。

　その『人捜し』を手伝えばもしかして……と期待が込み上げる。

「はい。術が使える条件はありますが、首都の中であれば僕の気の届く範囲かと」

「場所は後宮の中だと言ったら？」

「後宮は無理です！　強い結界が張られているので」

「自分はけっこう使えると言ったそばからそれか！」

「できないことをできないと正直に言うところは美点ですよ！」

なぜ堂々としていられるんだ、と顔を顰める仁蘭様。眩暈がするのか、右手でこめかみを押さえる仕草を見せた。

やはりまだ寝ていなければいけなかったのだ。私は卓の上にある茶器に目を向ける。

「大丈夫ですか？　ちょっと冷めてしまいましたが桑の茶を飲んで落ち着かれた方が……」

桑の茶は手に入りやすいのに体にいいとされていて、范家の店にも置いてある人気の茶だ。

私が茶を勧めると、仁蘭様は何かに気づいたように顔を上げてこちらを見る。

「な、何ですか……？」

私には神力もなければ、仙術も使えないんですけれど⁉

嫌な予感がする。

「お茶、淹れ直しましょうか？」

引き攣った笑みを浮かべながらそう言うも、さらりと無視された。

「范采華、おまえに仕事を命じる」

この威圧感、絶対に断れないやつだ……！

緊張で両の手を握り締めながら、私は「はい」と答えた。

第二章　鬼上司と始める女官生活

後宮。ここはときに『この世で最も華美な檻』とたとえられる。

名家出身の四妃を頂点とした序列は明確で、それを変えることができるのは皇帝陛下の寵愛だけ。

しかしその皇帝陛下が訪れない後宮では、四妃の権力は絶対である。

孫家出身の喜凰妃様、紅家出身の春貴妃様、劉家出身の豊賢妃様、楊家出身の栄竜妃様。

この方々は生まれながらにして後宮に上がることが決まっていた皇后候補で、それぞれ生家が後ろ盾となっている。

紅家出身の春貴妃様は仁蘭様の従妹ではあるものの、人見知りで親族とも交流がほとんどなかったらしい。

『四妃は対等な身分とされているが、実際には孫家出身の喜凰妃様が最も上位の妃だ。父親の孫大臣が兵部に大きな影響力を持っているからだ』

仁蘭様はそう言っていた。

後宮自体は宮廷や政治とは分離された場所だとされている。でも実際には妃の生家の力は無視できない。庶民出身の下級妃である私には縁のない、複雑な事情があるらしい。

「ここが喜凰（きおう）妃様の宮……」

私は淡緑色の衣に黒い帯という装束に着替え、喜凰（きおう）妃様の宮へやってきていた。

今日からここで新米女官として働くのだ。

「大きい……！　すごい……！」

あまりに豪華絢爛（けんらん）な宮に私は圧倒されてしまう。

同じ後宮の敷地内にあっても、薄暗い竹林のそばにひっそりと佇む私の宮とこちらでは雲泥の差がある。

黒檀（こくたん）の梁（はり）は傷一つなく美しく磨かれていて、蝶（ちょう）や鳥の模様が彫られた豪華な門扉は厳重に警備されている。中へ入るまでに二カ所で許可証を提示し、今日からここで働く女官であることを証明しなければいけなかった。

本当は下級妃だけれど、顔が知られていないので助かった。

ここへ入る許可証は、仁蘭（ジンラン）様が裏から手を回して取得してくれたものだ。

仁蘭（ジンラン）様は紅（コウ）家の次男であり、皇帝陛下の側近で尚書省に属する高位の役人だった。

皇帝陛下のお言葉を直接受けられる数少ない人物で、行動を共にすることも多いという。帯刀できるのも陛下からの信頼の厚さの証拠である。

人違いが発生した理由は、召喚術のために密（ひそ）かに買い取った髪の毛が彼のものだった……という説が濃厚だ。

流千（ルーセン）は「呪符に書いた条件と髪の毛の持ち主が違うのに、召喚術が発動したのはおかしい！」と納得していない様子だったけれど、初めて使った術だからそういうこともあるんじゃないかと言って弟を宥めた。

私が仁蘭様に命じられた仕事は、女官のふりをして喜凰妃様の宮に潜入すること。

『美明という女官の居場所を探れ』

彼はあの夜、私にそう告げた。

丹美明。黒目黒髪の二十二歳で、彼女は二年前から喜凰妃様の宮で働いていた。

表向きはただの女官。でも、皇帝陛下の密命を受けて喜凰妃様及び父親の孫大臣を調べていたのだとか。

右目の下に小さなほくろが一つあり、右手の親指の付け根に爪と同じくらいの痣があるのが外見の特徴だそうだ。

皇帝陛下直属の部下はごくわずかで、美明さんの顔はあまり知られておらず、喜凰妃様を始め誰にも正体を気づかれずに二年が経過していた。それなのに……。

『美明は四カ月ほど前……年が明けて三日後に忽然と姿を消した』

仁蘭様が最後に彼女と会ったのは新年初日の宴の場で、それから五日後の定期連絡がなかったことで彼女が行方知れずになっていることを知ったらしい。

仁蘭様の部下が美明さんの家族を装い後宮の管理局に行方を尋ねたら、「丹美明は年が明けて三日目までは喜凰妃様や女官たちからその姿を見たと証言があった」と。ところが具体的なことは何一つわからず、「丹美明は自分の意思でいなくなったようだ」とだけ回答が寄こされた。

ちゃんと捜したの？　と私でも疑ってしまう、あっさりとした答えである。

後宮入りしてまだ三カ月の私は知らなかったけれど、後宮とは実におかしなところで人が一人いなくなったくらいでは誰も詳しく調べないそうだ。

人間関係が拗（こじ）れて失踪、ときおり後宮にも現れる武官や官吏に恋をして駆け落ち、将来を悲観して自死……そういったことはままあるのでいちいち深追いしないのだとか。

『使用人は総勢二千人、代わりなどいくらでもいる。美明（ミメイ）のほかにも行方不明者は多数いるが、誰も捜そうとしない』

人の命が軽い。軽すぎる。

仁蘭（ジンラン）様から話を聞いて、私は愕然（がくぜん）とした。

『美明（ミメイ）は責任感の強い性格だから失踪などあり得ない。その身に何かあったと考えている』

仁蘭（ジンラン）様は苦い顔でそう言っていた。

『何かって何ですか……？』

『それがわからないから、こうしておまえに調べろと命じている』

普通に考えれば、皇帝陛下の密命を受けていたことがバレてその身に危険が及んだとしか思えない。あまりに不穏な気配に私は表情を曇らせた。

『後宮は男子禁制。しかも宮廷の目が行き届かない場所だ。だからおまえが喜凰（きおう）妃の宮に潜入し、美明（ミメイ）の情報を手に入れてこい』

ただの薬屋の娘にそんな無茶なと思ったものの、召喚術の一件や范（ハン）家のことがあるので私に選択肢などない。

流千(ルーセン)は『さすがに時が経ちすぎているからすでに亡くなっているのでは？』と懐疑的な言葉を口にしていたが、仁蘭(ジンラン)様は『美明(ミメイ)は生きている』と言い切った。

その根拠は、美明(ミメイ)さんが着けている耳飾り。

仁蘭(ジンラン)様の刀にある翡翠は、強力な護符であると同時に主人に生死を知らせるまじないがかかっているらしく、彼女もまた同様の耳飾りを持っているそうだ。

『美明(ミメイ)はどこかで生きている。居場所を知る手がかりが欲しいと皇帝陛下がお望みだ』

皇帝陛下のことはお顔も知らないけれど、いなくなった部下を捜そうとする優しさは持ち合わせているのだということもわかった。

私はそれを聞いて少し安堵(あんど)していた。

この国を統べるお方は冷酷な人ではない。

私ががんばれば、范(ハン)家のことも救ってくださる希望が見えた。

それに……仁蘭(ジンラン)様は話をするうちに次第に感情が瞳や声に表れ始め、悔しげに拳を握り締めていた。伝わってくるのは、怒りや焦り。この方もまた美明(ミメイ)さんを見つけたいと本気で思っているのだと感じられた。

仲間がいなくなるのはつらいだろうな……。

そう思ったら『この仕事、やります！』と口に出していた。

断れないというのはさておき、あのとき私は仁蘭(ジンラン)様に同情したのだ。行方知れずの美明(ミメイ)さんも可(か)

哀想だし……。けれど、人の心配をしている場合ではないとすぐに思い知らされた。

『これは取引だ。役目を果たすことが最優先で、死んだらそれまで。何かあっても助けが来ると思うな』

『死にたくないですよ!!』

仁蘭様は無慈悲だった。

あまりに酷い言い様に、私はつい『暴君！　人でなし！』と叫んでしまった……。

あれから三日。さっそく今日から女官として諜報活動を行うことになった。

与えられた部屋に少ない荷物を置き、年配の宦官に連れられて喜凰妃様へのご挨拶に向かう。

日当たりのいい南側の廊下を通りすぎ、東側の奥の部屋にやってくると爽やかな新緑を思わせる香のにおいがした。

こんな場所で人がいなくなるんだと思うと、何だか信じられない。

「失礼いたします。新しい女官を連れてまいりました」

宦官が声をかけると、黒い大きな扉がゆっくりと開かれる。

部屋の奥には貴重な夜光貝がはめ込まれた螺鈿細工の椅子があり、そこには濃茶色の長い髪をすっきりと結い上げて八本の金の簪で飾った美しい人がいた。

艶やかな赤色の襦裙がよく似合っていて、下級妃とは漂う気品が明らかに異なる。

この方が喜凰妃様……！　こんなにきれいな人は見たことがない。

肌はみずみずしく輝いていて、昔一度だけ見たことのある真珠みたいだった。後宮妃の中では最も年上の二十六歳だが、世の中には美貌がまったく衰えない人がいるのだと驚く。

「本日より女官としてお仕えいたします、宋樹果と申します」

貧乏貴族家からやってきた新米女官、宋樹果。それが今の私である。

年齢は十七歳で、持参金がなく縁談に恵まれないために後宮へ働きに来たという設定だった。

実際にこういう事情で働きに出る娘は多いらしい。

私も一応は後宮妃だが、范家に留まっても借金だらけで婿も取れないだろうし家族を置いて嫁に行くこともできないし、本当は存在しないこの宋樹果という偽女官にとても親しみが湧いた。

「よく来てくれたわね、樹果」

喜凰妃様はにこりと穏やかな笑みで迎えてくれた。

私が諜報活動をしに来ただなんて微塵も疑っていないように見える。

詳しくは教えてもらえなかったが、美明さんは喜凰妃様と孫大臣の不正の証拠を見つけるために潜入していたと仁蘭様からは聞いていた。

ただし喜凰妃様はその美貌だけでなくお心の美しさでも多くの者から慕われていて、後宮妃たちの憧れの的らしい。ここに来る途中、案内してくれた宦官からその話を聞き「喜凰妃様にお仕えできるなんて運がいい」とも言われた。

仁蘭様によれば、父親である孫大臣は兵部の統括の任に就いていて、昔から政敵を呪ったり違法な手段で金儲けをしていたりと黒い噂が絶えない人物だというのに……親子で随分と異なる評判である。

喜凰妃様は私がそんなことを考えている間もにこにこと微笑んでいて、新しい女官が増えたことを純粋に喜んでいるみたいだった。

こんな優しそうな方が自分に仕えていた女官が失踪しても捜さないのかと思うと、複雑な気分になる。この方もまた「使用人など代わりはいくらでもいる」と考えているのだろうか？

それとも美明さんの失踪に直接関わっているの？

騙し合いや腹の探り合いは苦手なんだけれど……。

私は不安が顔に出ないよう、必死で平静を装い笑顔を保つ。

「新しい子が来てくれて嬉しいわ。人手が足りなくて困っていたの。あぁ、でも無理はしないでね？慣れるまではここにいる皆を頼って、少しずつ覚えていってちょうだい」

「ありがたきお言葉にございます」

私は深々と頭を下げる。

まずは、喜凰妃様や女官たちから疑われないようここになじむことから考えよう……と思っていると――――。

「喜凰妃様のためにしっかり努めなさい。甘えは捨て、心からお仕えするのですよ」

そう声をかけてきたのは女官長だ。四十歳くらいで、とても厳しそうな雰囲気だった。

女官長を筆頭に、両側に女官たちが四人ずつ並んでいる。

最もこちらに近い黒髪の女官は新人になど興味がないといった風に澄ました顔で立っていて、そのほかの七人からは射るような視線が向けられていた。

朗らかな喜凰妃様とは異なり、敵意がひしひしと伝わってくる。

女官は貴族出身か、平民でも読み書き計算を習得しているくらいには裕福な者にしかなれない。

雑務を行うその他大勢の宮女より位が高いため、自尊心も強いのだろうと想像する。

私はここになじめるのかしら⁉　もうすでに苦労する気配しかない。

喜凰妃様は好意的でも仕える女官たちの目は厳しく、皆で仲よく和気あいあい……とはいかなそうだった。

隙を見せたら終わりだ……！　そんな気がした私は、大きめの声で返事をした。

「はい！　精一杯、お仕えいたします！」

すると、喜凰妃様のそばにいた高齢の仙術士の方が目尻を下げて言った。

「ははは、これは元気がいい娘だ」

「ええ、宮が一段と明るくなるようですわ」

この方は禅楼様といって、長らく孫大臣のそばにいた仙術士で喜凰妃様が後宮入りする際に共にこちらへやってきたという。

薄灰色の上下二部式の袍服姿で真っ白い髪を後ろで一つに束ねていて、目尻だけでなく顔全体の皺が深く六十歳は超えている風に見える。

ただ者ではない雰囲気はあるものの、笑った顔はごく普通の優しいおじいちゃんといった印象だ。

人は見た目によらないというけれど、この人が実は悪人でした……とわかったら人間不信に陥りそうだった。

流千曰く、『真面目な仙術士はずっと山に籠っていて宮廷勤めなんてしない』そうで、簡単に信用するなと念を押された。

「私、元気な子は好きよ。先が楽しみに思えるもの」

「そうですなぁ」

笑い合う二人のあまりにほのぼのとした空気にうっかり絆されそうになるけれど、「油断しちゃだめ！」と私は笑顔の下で気を引き締める。

そのとき、禅楼様とふいに目が合った。

「……そなた、わずかだが神力を感じるな」

「え？」

どういうこと？　私には神力なんてないはずなのに。

きょとんとしていると、禅楼様は私の前まで歩いてきてまじまじと観察し始める。

「まぁ、樹果には神力があるの？　すごいわ」

喜凰妃様が両手を合わせて嬉しそうな声を上げる。

同時に、女官たちからの視線がより鋭くなったのは気のせいじゃない。

神力はほんの一部の者しか持っておらず、選ばれし存在だとして一目置かれることになる。何より喜凰妃様にすごいと褒められたことで、女官たちの嫉妬心に火がついたようで恐ろしかった。

私は気まずさに視線を落とす。

「これはいい。わずかでも神力のある者がそばにいれば、喜凰妃様の運気が上がるかもしれません。

よい女官を手に入れましたな」

禅楼(ゼンロウ)様はそう言うとくるりと踵(きびす)を返し、また喜凰(きおう)妃様の隣に戻っていった。

「そうだわ。運気といえば占いで……」

話題は喜凰(きおう)妃様の新しい羽織のことに移り、新米女官の挨拶はこれにて終了となる。女官たちは私を一睨みしてからそれぞれの仕事に向かい、私の前には女官長がやってきた。

「あなたが役に立つかどうかはわからないけれど……元気があるなら力仕事でもやってもらおうかしら？　運んでもらいたいものがあるの」

口調は冷たく感じるものの、自分にもできそうな仕事にホッとした。

「はい、できます。運ぶものは水ですか、土ですか？　それとも食材や薪でしょうか？」

「は？　そんなものを運ぶわけないでしょう？　書物よ、書物」

想像した力仕事と違った。さっそく庶民と女官のズレが出てしまう。

女官長によると、年に一度の書閣の整理に人手がいるらしい。女官たちがくすくすと笑いながら「可哀想に」と言った声が聞こえたので、どうやらこの作業は嫌がられる仕事のようだ。

でも、私にとっては堅苦しい礼儀作法がいらない力仕事の方がありがたい。

「ありがとうございます。がんばります」

女官生活は始まったばかりだ。調査のためにも、まずはきっちり仕事をする姿を見せて信頼を得ていきたい。

私は笑顔で書閣に向かい、陽(ひ)が落ちるまで書物の整理に精を出した。

人は非業の最期を遂げると悪鬼になると言い伝えられているが、鬼とはきっとこんな顔をしているのではないかと目の前の人を見て思った。

「それで？　おまえは三日間ずっと書閣に籠っていたのか」

「だっていくら書物を運んでも終わらないんですよ……！」

女官になり四日目。

報告のため、私は早朝から後宮の西側にある竹林までこっそりとやってきていた。

この竹林は私の宮から近く、人がほとんど通らないため密会にはもってこいの場所である。

仁蘭(ジンラン)様は皇帝陛下の側近であると顔や名が知られているので、私たちと会うときは紅(コウ)家出身の四妃、春貴(しゅんき)妃様への使いを口実にしていた。

「おまえは自分の役目がわかっていないのか？」

鬼上司様は私からの報告を聞き、世にも恐ろしい顔で睨みつけてくる。

「私は教育された間者じゃありませんよ⁉　いくら何でも三日で美明(ミメイ)さんの情報を掴むのは無理です！」

流千(ルーセン)も「まぁまぁ」と言って仁蘭(ジンラン)様を宥め、私を庇(かば)う。

私は弟の背に隠れながら、必死で言い訳をした。

「食堂で会った宮女たちには、それとなく聞いてみたんですけれど……」

喜凰(きおう)妃様の宮に仕える女官たちは、私が挨拶をしても一言も返してくれず、一睨みするだけだ。

だからまずは声をかけやすい宮女たちに話を聞いたのだ。

「宮女たちは『いなくなった女官』のことは噂に聞いていても、それが『美明さん』かどうかまではわからないって……」

「そんなに親しい付き合いはしていなかったってことかな。誰も心配していないんだ？」

流千が不思議そうに尋ねる。

私はこくりと頷いた。

「宮女たちは『いなくなった女官はきっと駆け落ちしたんだろう』って言っていました。管理局の報告通り、自分の意思でいなくなったと思っているようです」

後宮で働く女たちは、その大半が生涯を後宮の中で終える。

運よく誰かに見初められれば結婚して後宮を出られるけれど、千人を超える宮女の中でそうなるのはごく一握りで、将来を悲観して失踪する人はこれまでにもいたそうだ。

「今はどこかで幸せに暮らしているんじゃないかって、宮女たちはまるで憧れているみたいな様子でしたよ」

宮女は文字が読める者も少なく、生家と文でやりとりをすることもままならない。耳で聞いて覚えた歌を口ずさむか、後宮の噂話に花を咲かせるのが彼女たちの楽しみなのだ。

女官の失踪は恋物語の一つになっていた。

「彼女たちは、本当のことなんて知りたくないのかもしれません」

食堂で話した彼女たちの顔を思い出すと、美明さんは誰かと幸せに暮らしているのだと信じたいという気持ちが強いように感じられた。

「いなくなった人を捜さないのは、真実を知るよりも夢物語に浸っていたいから……ってことかな」

　気持ちはわからなくもない……と流千（ルーセン）は呟く。

　この三日間で私が知ったのは、後宮はまったくの別世界ということだった。

妃として三カ月も暮らしていたのに、私はここで生きる人たちのことをほとんど知らない。いや、知ろうとしていなかったのだと気づかされた。

「四妃様たちのことも聞きました。仁蘭（ジンラン）様もご存じのことばかりかとは思いますが、喜凰（きおう）妃様は皇帝陛下が訪れなくても後宮をまとめようと心を砕いていらっしゃいます。慰めになればと茶会や宴を催したり、ほかの三人の妃方に文を出してご様子を伺ったり。皇帝陛下がいつお越しになってもいいように、毎夜の支度も欠かさず続けておられて……」

　私と流千（ルーセン）のように「皇帝陛下を召喚しよう！」などと無謀なことはせず、ただひたすらに皇帝陛下を待っていた。

　それを聞いた流千（ルーセン）が首を傾けながら尋ねる。

「紅（コウ）家の春貴（しゅんき）妃様は、この状況をよしとなさっているのですか？」

四妃の一人、春貴（しゅんき）妃様は昨日の朝に偶然そのお姿をお見かけした。波打つような深い青の髪が美しい方だった。

　仁蘭（ジンラン）様は淡々と答える。

「春貴（しゅんき）妃は変わり者だからな。皇帝陛下が訪れないことをわかった上で後宮入りしたいと切望したのだ。部屋に籠って絵を描く生活がしたいと」

「絵を?」

誰かに嫁げば、跡継ぎを産み、家を取り仕切る役目を負うことになる。けれど、皇帝陛下が訪れない後宮でなら絵を描いて暮らせるのだから願ったり叶ったりである。

生まれたときから後宮入りすることは決まっていたそうだが、春貴妃様のご両親は陛下が後宮にいらっしゃらないことを知っていたため「本当にいいのか?」と尋ねたところ、ご本人の口からそれが語られたらしい。

実際に今の暮らしを満喫しているので、後宮に変化が訪れるのは願っていないとのこと。

仁蘭様も紅家の一族も「本人がそれでいいなら」と、口出ししないことを取り決めたという。

私は恐る恐るずっと疑問に思っていたことを口にする。

「あの……どうして皇帝陛下は誰のもとへもいらっしゃらないのです? 集められた妃たちが哀れだと思わないのでしょうか?」

余計なことだとわかっていても、尋ねずにはいられなかった。

美明さんのことは捜そうとする陛下が妃たちを無慈悲に放置するとは思えない。

皇帝陛下に直接会える仁蘭様なら、何か知っているはず。

でも彼は何の感情もない目で答えた。

「おまえは自分の寝首を掻くかもしれない女のもとへ通えるのか? 妃は、庶民でいう『妻』ではない。情に流されていい関係ではないのだ」

「そんな……」

「それに、皇帝陛下は即位の儀で『妃はいらぬ』とおっしゃられた。『自分の跡は弟皇子が継ぐ』とも明言なさっている」

「えっ、そうなんですか⁉」

私は目を見開いて驚く。

庶民にはそんな話は伝わっておらず、後宮入りしたときも誰も教えてくれなかった。

弟皇子様は確か十歳。まだ帝位を継げるような年齢ではないが、いずれはということか。

「それなら最初から後宮なんていらないじゃないですか」

流千（ルーセン）が不満げにそう言う。

「後宮は陛下が望んだものではない。陛下の意向を知った上で娘たちを後宮へ送り込んだのは貴族家の当主たちだ。自ら志願して後宮入りした者たちも『そのうち陛下の気が変わるかも』と期待しているのだろうが、こちらの知ったことではない」

仁蘭（ジンラン）様はそう言ってから小さなため息をついた。

その表情から、後宮に関するいざこざに嫌気が差しているように見えた。

「陛下も増え続ける妃たちをどうにかしなければとお考えだが、後宮そのものを廃してしまえば、いらぬ敵を作ることにもなりかねない。今はほかにやらなければならないことが山ほどある。妃には耐えてもらうしかないだろうな」

皇帝陛下といっても、何もかも思い通りになるわけではないらしい。

「私は何も知りませんでした」

庶民の私たちには、知らないことが多すぎる。

皇帝陛下のことも宮廷の事情も……。

「皇帝陛下は子を持つおつもりはないのですか？」

「そうだ。宮廷では誰もが知っている」

なおのこと後宮にいるお妃方が不憫(ふびん)だった。

春貴(しゅんき)妃様はともかく、他の方々はいずれ子を産みたいと希望を持っているかもしれないのに。

陛下を待ち続けて、ずっとこの狭い世界で暮らしていくの？

「采華(サイカ)、この方に訴えかけても無理だよ。仁蘭(ジンラン)様は女心に疎そうだし」

流千(ルーセン)が私の肩にぽんっと手を置き、可哀想なものを見る目を仁蘭(ジンラン)様に向ける。

仁蘭(ジンラン)様は、女心など知って何の役に立つのだとでもいう風に鼻で笑った。

この方も陛下と同じで妻子を持つつもりはないのだろうか？

仁蘭(ジンラン)様は二十三歳、名家のご次男ならいくらでも縁談があると思うのに。

庶民ならいつか誰かと結婚して、共に働きながら子を育てて……といった将来を漠然と思い描いているのが普通だけれど、家同士の繋がりや宮廷の勢力争いなどが絡んでくる貴族の方々は私には想像できないくらい面倒なことがありそうだ。

深く聞いてはいけない気がして、無意識のうちに口が重くなる。

「………」

風がやみ、竹林の空気がしんと静まり返る。

何となく気まずい。これ以上報告すべきこともなく、私はそろそろ喜凰(きおう)妃様の宮に戻ると切り出した。

「それではまたご報告しますね」

逃げるように去ろうとする私。

でもそれを流千(ルーセン)が引き留めた。

「あ、采華(サイカ)。宮廷の食堂で蒸した包子(パオズ)をもらってきたから食べなよ。肉入りでうまいから」

「えっ、ありがとう！」

「嫌がらせで食事を抜かれる頃かなって思って持ってきたんだ」

「すごい、よくわかったわね⁉」

食堂で食事をもらうには、支給された銅の細長い板が必要だ。今朝、女官用の寝所で起きたら引き出しに入れてあったそれが盗まれていて、今日はもう食べられないと諦めていたところだったのだ。

初日の挨拶で反感を買ったというのはわかっているので、犯人は女官たちの誰かだろう。

でも揉め事を起こしてクビになってしまうと困る。今はひたすら耐えるしかないと覚悟していた。

「僕は女心がわかるからね」

「それを女心と言われるのはちょっと嫌だわ」

嫌がらせも女心のうちなの？

私は複雑な気分になるものの、流千（ルーセン）が差し出した茶色の包みを受け取る。

流千（ルーセン）は、ほかにも袖から灰色の粉や小さな呪符を取り出した。

「虫除（よ）けの粉と悪霊除けの呪符も作ってきた」

「あ～、呪符は受け取るけれど虫除けはいらないかな。昨日部屋に置かれていた箱の中に、生きのいいヤモリと大きな蜘蛛（くも）、それに切り取られた百歩蛇（ひゃっぽだ）の頭が入っていてね？　薬や酒にできそうだからありがたいなって思って」

「あぁ、そうだね。虫除けを置いたら弱っちゃうか～。死にはしないだろうけれど」

鮮度にはこだわりたい。

私はそのありがたい贈り物を自分の宮にこっそり運び、別々の籠に入れて保管していた。

「そんなものを贈られたら嫌がるのが普通だろう？　逞しくて何よりだが……おまえたちは薬や酒を自分で作れるのか？　作ったそれらはどうするつもりだ？」

仁蘭（ジンラン）様が呆れた顔でそう言った。

これには流千（ルーセン）が語気を強めて答える。

「後宮を抜け出して街に売りに行きます。生活するには金がいるんで！」

「抜け出すな！」

「ちゃんと帰ってくるから別にいいじゃないですか」

「そういう問題ではない」

おまえはそんなことをしていたのか、と仁蘭（ジンラン）様が呆れ返っていた。

でも妃になったとはいえ、生活費は生家の援助に頼らなければならない。多くの妃がいるせいか一人一人に支給される食糧や布は十分とは言えず、それだけではとてもやっていけないからだ。名家のお嬢様方は何の心配もいらないけれど、妃にかろうじて滑り込んだ私は裕福ではない。女官の方が給金がしっかり出るので、下級妃よりもいい暮らしができる気すらしていた。

「動くとお腹が空くんですよ」

「………」

ちょっと悲しげに仁蘭様を見つめてみる。

尚書省に直接的な恨みはないが、改善してもらえないかという希望を目で訴えてみた。

「腹が減って死んだら元も子もないじゃないですか？　これくらい見逃してもらわないと」

流千は堂々とした態度で、むしろ「妃が飢えるような制度が悪い」と言いたげだった。

「僕らは『命を大事に』を最優先で生きていますから。あ〜でも采華が食事をずっともらえなくて飢え死にしたらどうしましょうね？　美明さん、捜せなくなりますね〜」

最後の一言に、仁蘭様の眉がかすかに動いた。

さすがにそれは困ると思ったらしい。

「食事については部下に運ばせる」

「ありがとうございます！」

流千は笑顔でお礼を言う。

私はまさか食事の手配までしてもらえると思わなかったので、驚きすぎてお礼を言うのが遅れてしまった。

「ありがとうございます。助かります」

おねだり作戦が成功した!? 流千が脅して食糧をもぎ取ったようで少々罪悪感を抱いたものの、本当にありがたかった。

「美明のことは絶対に見つけろ。取引のことは忘れるな」

仁蘭様はそう言い残すと、私たちを置いて去っていく。

死んだらそれまでと言っておきながら、こちらの要望を聞いてくれるのは彼が本当は話の通じる人だったのか、それともよほど彼女のことを見つけ出したいのか……?

すでに遠く離れた仁蘭様の背中を目で追っていると、流千がふと気づいたように言った。

「もしかして恋人なのかな。仁蘭様と、いなくなった美明さん」

「え?」

それは予想外だった。

女心なんてどうでもいいという風に見えたのに、実は恋人がいなくなってつらい思いをしている可能性がある……目から鱗が落ちるとはこのことである。

「お可哀想に、仁蘭様。きっと心配で堪らないでしょうね」

本当ならご自身で捜しに行きたいのに、男であるから後宮に女官として潜り込むこともできない。

彼の苦しみを想像すると胸が痛んだ。

「まだそうと決まったわけじゃないよ。下手に同情したら損するから」

一体何を損すると言うのだろう？

何でも損得で考えるのはよくないと窘めるも「はいはい」という気のない返事が寄こされた。

「采華、人の心配より自分の心配した方がいいよ」

「それはそうかもしれないけれど……恋人がいなくなったのならやっぱり可哀想だわ」

美明さんの手がかりをなるべく早く見つけてあげたい。

また強く吹き始めた風が長い黒髪を揺らし、私は右手でそれを押さえながら竹林の中を歩いて戻っていった。

第三章　鬼もまた人である

庶民の暮らししか知らない私にとって、女官の仕事は少なすぎる。

これで人手不足とは……？　と疑問を感じながらも、喜凰（きおう）妃様の宮にいる女官たちも貴族のお嬢様なのでせかせか働くことなんてあり得ないのだと、食堂で親しくなった宮女から聞いた。

掃除を担当している二十五歳の宮女、華蓮（カレン）は先代皇帝の時代から後宮で働いていて、今年で十三年目だと話す。

仁蘭（ジンラン）様が手配してくれた食糧の中に砂糖菓子があったので、私はそれを渡すことで華蓮（カレン）と親しくなるきっかけを作ったのだった。

「喜凰（きおう）妃様に仕える女官で、貴族でないのは李慈南（リジナ）さんだけよ」

慈南（ジナ）さんとは、初日の挨拶のときに一番近くにいて私を睨んでいなかった黒髪の人だ。平民といっても地方豪族のお嬢さんだそうで、後宮に来るまではどちらかというと世話をされる側だったはず。平民の中でも格段にお嬢様である。

「おいしい、甘いものなんて久しぶりよ」

頬に手を当てて幸せそうな顔をする華蓮（カレン）を見ていると、私も自然に笑顔になる。

四妃様専属の宮女であれば砂糖菓子などはたびたびお妃様方からもらえるのだが、彼女は複数の宮をかけ持つ宮女なので甘いものとはあまり縁がないのだと嘆いていた。

もう一つどう？　と勧めながら、私はさりげなく問いかける。

「私が女官になれたのは、喜凰妃様のところで働いていた女官が一人いなくなったからって聞いたんだけれど」

「あぁ、そうらしいわね」

「その人のことって知ってる？」

華蓮は砂糖菓子を飲み込んでから、目線を斜め上にして記憶を辿るそぶりをしながら話し始めた。

「いなくなった女官っていうと美明さんかな？　確か、新年の宴のしばらく後にいなくなったんだよね。私たちみたいな下っ端の宮女のことも気にかけてくれて、理不尽な命令もしてこなかったしいい人だったよ」

「へぇ……」

「美明さんのことを聞くなんてどうしたの？　もしかして不安になった？」

そう指摘され、私はどきりとする。

怪しまれたかなと不安に思いながら、苦笑いで答えた。

「あ、うん。だって、いなくなっちゃったなんてどうしたんだろうなって思って。私はまだ数日しか働いていないけれど、逃げ出したくなるほど忙しいわけじゃないから……その、これから仕事が厳しくなるのかなって不安に思ったの！」

取ってつけた理由だったが、華蓮は信じてくれたみたいだった。

「働き始めたばかりって不安よね。でも大丈夫、気づいたら十年くらい経ってるから！」

「十年」

このままそんなに経ってしまっては困る。

私は笑顔が引き攣りそうになった。

「女官は仕事量より、人付き合いの方が大変だと思うよ？　喜凰妃様の宮に限った話じゃないけれど、女同士の争いってどこにでもあるから」

華蓮は少し困った顔でそう言った。

「これまでもそういう理由で辞めていった子は多くてね。まぁ、帰れる家や別の働き口があるならそれでもいいと思うんだけれど、見送る方はちょっと寂しいわ」

「そうなんだ……。あの、美明さんも女官の誰かと気が合わなかったり喧嘩したりしてた？」

私は華蓮の反応を窺いつつ質問する。

彼女は砂糖菓子をもう一つ指でつまみながら、さらりと答えた。

「特に何もなかったと思うよ？　美明さんは控えめな感じだったから、誰かと喧嘩するような性格には見えなかったし」

華蓮によれば、美明さんは控えめで真面目な人柄だった。むしろそれ以外の印象がなく、二年間もいたのに特に親しい友人などもいなかったそうだ。

もしかしたら、美明さんは密命のためにあまり目立たないようにしていたのかもしれない。

結局、仁蘭様に報告できるような新事実は見つからず、私は華蓮に「また何か思い出したら教えてほしい」と言って別れた。

与えられた部屋に戻ると、窓の外は空が薄紫色に染まっていた。

「掃除しなきゃ……」

宮女と違い、女官はそれぞれの部屋を一人で使うことができる。

この支度部屋と寝所は、美明さんが使っていたところだった。

小さな寝台と黒檀の四角い机、簞笥の上には丸い鏡が置いてあるだけの簡素な部屋で、私がここへ来たときには美明さんの荷物はすでに処分されていて何も残っていなかった。

窓の格子や部屋の隅には埃が溜まっていて、とりあえず目につくところは箒で掃いたけれどまだまだきれいとは言えない状態だ。

「掃除なんてしていたらまた仁蘭様に叱られるんだろうな」

思わずそんな独り言が漏れる。

それでも何か手がかりが掴めるまではここで寝泊まりを続けるのだ。健康のためにはまずは掃除をしようと箒を手に取った。

一度手をつけ始めると、あちらもこちらも気になってくる。窓や寝台の下の埃を取り終わった私は、いっそ簞笥の裏も濡らした布で拭いてしまうことにした。

「うわ……けっこう重い」

簞笥を動かしてみれば、壁際に埃が溜まっていてしかも床板の一部が割れて溝ができてしまっている。
美明（ミメイ）さんがいなくなってからおそらくこの部屋の窓は開けられておらず、湿気が溜まってこうなったんだろう。

「？」

ふと目に留まったのは、灰色の埃をたっぷり被（かぶ）った二つの丸い塊だった。

「茉莉繡球（まつりじゅうだま）……？」

手に取って埃を払うと、やはりそれは私の知っている茶葉だった。

茉莉繡球（まつりじゅうだま）は香りづけした茶葉を球状にしたもので、茶器に入れて湯を注げば手軽にお茶が味わえる。普通は湯を用意できる厨房で壺（つぼ）に入れて保管してあって、寝所の端に転がっていることはない。

粥を鍋から直接食べる流千（ルーセン）ならともかく、控えめで真面目な人という評判だった美明（ミメイ）さんが落ちた茶葉をそのままにするとは思えなかった。

これは仁蘭（ジンラン）様にお会いしたときにご報告しなくては。

私は二つの茉莉繡球（まつりじゅうだま）を手巾で包み、そっと懐の中に入れるのだった。

翌日。ひたすら書物を運ぶ合間に女官長の目を盗んで自分の宮へと戻った私は、届いていた食糧の籠の中に仁蘭（ジンラン）様宛の文を入れた。

この食糧は、春貴妃（しゅんきひ）様に仕えている紅（コウ）家出身の宦官が密かに運んでくれている。

もし何か知らせたいことがあればここに文を入れておけと仁蘭（ジンラン）様から言われていた。

――夜、ご報告があります。

誰かに見られてもいいように、それだけを書いて籠の中に残しておく。

いったん喜凰妃様の宮に戻って書物の整理をした後で、私は夜中にこっそりと部屋を抜け出して再び宮へと戻ってきた。

「随分と眠そうね？」

流千は塩漬けした瓜をぽりぽりとかじりながら私を出迎え、一緒に仁蘭様を待つことに。

「あぁ、ちょっと副業をがんばってたから」

「副業？」

また何か護符を作って、こっそり街へ売りに行ったのだろうか？

あまり無理しないようにと告げると、流千は明るく笑った。

「采華が働いているときに自分だけ遊んでるわけにはいかないからね。僕にできることはしようと思って」

「流千……！」

そんなことを考えていたなんて、姉としてとても嬉しかった。

胸がじんとなり、口元に手を当てて声にならない感動を噛み締める。

「成り金貴族ってちょろいよね。占いで『言って欲しそうだな～』っていうことを言ってあげたら銀板くれた」

「詐欺はだめよ⁉」

感動が一瞬で吹き飛んで、私は慌てて「やめなさい」と止めた。

才能の使いどころを間違っている……！

それからしばらくして、私がお茶を淹れるために湯を沸かしていたところに仁蘭様がお一人で姿を現した。

入ってくるなり「報告とは？」といきなり尋ねてきたので、私はいったん彼を部屋に通して三人分のお茶を用意した。

席に揃ったところで、懐から茉莉繍球を取り出し卓の上に置いて見せる。

「これが寝所に……箪笥の裏に落ちていました」

「何これ？　茶葉？　もう飲めそうにないね」

流千は眉根を寄せてそう言った。この茉莉繍球の古さや汚さが気になるらしい。

仁蘭様はこれに見覚えがあるかのように、かすかに目を瞠る。

指で茉莉繍球を摑むと何かを確かめるようにじっと見つめた。

「――これは新年の宴で皇帝陛下から下賜されたものだ」

「皇帝陛下から？」

宮廷では、年が明けてすぐ宴が開かれる。

赤や黄色の吊るし灯籠があちこちに飾りつけられ、皆で食事を取るのだ。

「宮廷で開かれた新年の宴に、皇帝陛下と美明さんは出席なさっていたのですか？」

「いや、宴が終わった後で側近たちだけが密かに陛下の私室に集まったのだ。下賜されたのはそのときだ」

新年の宴では、家族や恋人のために自ら刺繍を施した鞠を贈る慣習がある。

皇帝陛下はその代わりにと側近たちに茉莉繍球の茶葉を与えたらしい。

「陛下からいただいたものなら、大事に取っておきますよね」

「あぁ、そのはずだ」

「ということは、年が明けたその日に寝所に戻ったところで美明さんは……？　自分でいなくなったのならこれを持っていくか仕舞ってから出かけるでしょうし……もしかすると茉莉繍球をどこかに仕舞う暇もなく誰かに連れ去られたとか？」

想像するとぞくりとするほど恐ろしい。

夜中に寝所に戻ってきたところで誰かに襲われたら、気づく者もほとんどいないだろう。

多少の悲鳴を上げたとしても、新年を祝う喧騒で誰の耳にも届かなかったのでは？

私はそのときまだ范家で暮らしていたけれど、新年はあちこちで夜通し宴が開かれている。それは宮廷や後宮でも同じだと聞いていた。

「あれ？　でも後宮の管理局からの報告では、新年から三日後までは美明さんの姿を見た人がいるって話じゃありませんでした？」

流千が思い出したかのようにそう言った。

確かに私もそんな風に聞いた覚えがある。

「報告は間違いだったのでしょうか？　でも、喜凰妃様や女官たちは朝の挨拶で必ず顔を合わせるはずです。そこに美明さんがいなければ『どうしたんだろう?』って誰かが不思議に思いそうなのに……全員がその日を正確に覚えていないなんて思えません」

「俺は、意図的に失踪した日をごまかそうとしたんだと思う」

「え?」

新年の宴の翌日にいなくなりました、では何かまずいことがあったのだろうか?

私が悩んでいると、流千が真剣な顔で呟いた。

「仙術か……」

その目は何かを確信しているように感じられた。

仁蘭様もまた「そうだ」と納得したそぶりを見せる。

この場でわかっていないのはどうやら私だけらしい。

何がわかったんですか? じっと仁蘭様を見つめれば、彼は視線を落として話し始めた。

「新年の宴の夜は仙術を使う絶好の機会だ。流千が召喚術を使った夜と同じく、神力が高まる」

そういえば、召喚術を使おうと流千が提案してきたときに聞いたような気がする。

『僕らが後宮へ来る前の新年の宴があった日が仙術士の力を高めるいい機会だったんだ』と。

「誰かが仙術を使って美明さんを攫ったということですか?」

自分で言っておきながら、それは少し腑に落ちなかった。

流千も「それはないよ」と言う。

「そりゃあ、皇帝陛下よりは美明さんの方が確実に召喚できるだろうけれど、女官一人攫うのにわざわざ召喚術を使うなんて割に合わない」

「そうよね」

相槌を打つ私を見て、仁蘭様はある仮定を口にした。

「あくまで推測だが、新年の宴の夜に誰かが大がかりな仙術を使い、美明はそれを見てしまったのではないだろうか？　或いは、その証拠を掴んだ」

今の段階では、それが一体何の術かはわからない。でも、仁蘭様の予想通りなら美明さんが茉莉繡球を残して消えてしまったことに説明がつく。

「誰かが仙術を……って、それは喜凰妃様の仙術士しかいませんよね」

流千はごくりと茶を飲んでそう言った。

美明さんは喜凰妃様と孫大臣のことを調べていたんだ。真夜中にほかの宮へわざわざ行くとは考えにくいし、何より攫われたであろう寝所があるのは喜凰妃様の宮。

あそこで仙術を使えるのは禅楼様だけだ。

「あの方が？」

私の頭の中に、一見すると温厚そうな禅楼様の顔が思い浮かぶ。

「喜凰妃様は……すべてご存じなのでしょうか？　美明さんの失踪に禅楼様が関わっていると知った上で、新年から三日後までは美明さんがいたと嘘をついた……？」

あの優しい笑顔は嘘なのか。

心臓がどくんと跳ねる。

「喜凰妃は禅楼と長い付き合いだ。たった二年しか仕えていない女官より、禅楼を守るのは当然のこと」

「だとしても美明さんを攫うなんて」

「言っただろう？　使用人の代わりなどいくらでもいる」

「っ！」

理解していたはずなのに、残酷な現実を突きつけられた気分だった。

いつのまにか俯いて黙っていると、流千が突然ぎゅっと私をその腕で抱え込む。

「ちょっと、うちの采華を虐めないでくれません？　可哀想じゃないですか、こんなに悲しんで。いくらそれが現実だとしても、何となく濁すとか言い方っていうものがあるでしょう！」

流千は、いかにも私が可哀想だという風に大げさに頭を撫でた。

それを見た仁蘭様は呆れた風に目を細める。

「おい、いくら陛下の訪れがないとはいえ采華は妃だ。品位を保つためにも気安く触れるな」

「今は女官ですよ」

「だが妃だ。まったくおまえは禁術を使っただけでなく、常習的に後宮から抜け出して商売をしていた上にこの態度……あぁ、宮の裏には畑も勝手に作っていたな？」

並べ立てられると申し訳なさで気まずくなる。

しかし流千は私から腕を離し、ぱっと目を輝かせて嬉しそうに話し出した。

「ご覧になりました？　仙術で水と風を操って瓜を十日で栽培してみたんです！　あっ、塩漬けにしたんで食べていきませんか？」

「いらん！」

仁蘭様は苛立った様子で即座に断る。

一体何の話をしていたんだっけ……？

私は二人を交互に見ながら考えていた。

そうだ、仙術士の禅楼様と喜凰妃様のこと！　今は瓜の話をしている場合ではない。

前のめりになっている流千の袖を引っ張って止めながら、私は仁蘭様に言った。

「あの、私は引き続き喜凰妃様の宮で情報を集めます。だからもう少しお待ちください……！」

女官たちは相変わらず冷たくて情報を聞き出せるかは怪しいが、喜凰妃様の宮を探せば何か見つかるかもしれない。私が部屋で茉莉繡球を見つけたように。

「そうだ、この茉莉繡球は仁蘭様が預かってくださいませんか？」

もう茶葉としては飲める状態ではないけれど、もしも美明さんが見つかったら返してあげたいと思った。

仁蘭様は「わかった」と言い、私の手から茉莉繡球を受け取る。

それを見つめる彼の表情が少し曇ったように感じ、やはりお二人は恋人だったのでは……と痛ましい気持ちになるのだった。

女官として喜凰妃様の宮に仕え、十五日。

朝の冷え込みも随分と和らぎ、午後は青空が心地よく過ごしやすい日が続いていた。

喜凰妃様は爽やかな水色の襦裙に白い絹の外衣を羽織り、父親である孫大臣が持ってきてくれた新しい装飾品を前に満足げな笑みを浮かべている。

珊瑚や真珠、紫水晶、黄水晶などの宝石類は異国の商人から買ったもので、これから首飾りや冠にするらしい。

私も女官たちと共に小箱や布を持ち、喜凰妃様のそばに控えていた。

「お父様、ありがとうございます」

「あぁ……おまえのことが気がかりでな。つい買いすぎてしまったよ」

「嬉しいです」

「こんなものでよければいくらでも持ってこよう。何か用事があれば、こうしてかわいい娘の顔も見られるしな」

孫大臣は藍色の前合わせの補服に烏紗帽を被った恰幅のいい男性で、彫りの深い顔立ちは権力者としての威厳を漂わせている。

喜凰妃様に会いに来るのは、年の暮れ以来で約五カ月ぶりだそうだ。

後宮へ入ってしまえばほとんどの妃はもう二度と家族に会えないけれど、喜凰妃様の場合は孫大臣がやんごとなきご身分なゆえに特別に面会が可能になっていた。

こういった異国から取り寄せた品は疫病や虫の侵入を防ぐため本来はもっと制限されるが、喜凰妃様だからという理由で特例が認められている。

「次に会うときはこれらの新しい装いで迎えておくれ」

「ええ、もちろんですわ。……陛下にもいつか見ていただければよろしいのですが」

「それは……」

声を落とした喜凰妃様に対し、孫大臣は少し慌てた様子だった。

控えている女官たちも沈んだ空気になる。

「陛下とて、我が娘の素晴らしさを知ればたちまち夢中になるであろうに。本当に困ったものだ」

「ふふふ、陛下はお忙しいのですよ。私ならいつまででもお待ちいたしますわ。それに私だけでなく、ほかの妃たちも想いは同じですから。いつか陛下が後宮にいらっしゃるそのときまで、私が皆を励ましてここを守っていきたいと思っております」

寂しげな目をしていた喜凰妃様だったが、でもすぐに穏やかな笑みに変わる。

女官たちも孫大臣も、気丈に振る舞う喜凰妃様に胸を打たれた様子だった。

「健気なことだ……さすがは天遼国一の妃。この父が陛下に口添えしておくから、今しばらく待ってくれるな？」

「もちろんです。お気遣い感謝いたします」

どこかぎこちない孫大臣の笑みを見ていると、喜凰妃様をかわいがっておられるというよりは気遣っているといった方がしっくりくる。

「何かあればすぐに文を送るのだぞ？　わかったな」

「はい、お父様」

「退屈せぬよう、楽団や詩人を手配しようか？　それとも避暑地での休暇を申請して……」

「もう、お父様ったら……私ならここで幸せに暮らしておりますから。どうかご心配なく」

「そ、そうか？　しかし何かあれば必ずこの父に言うのだぞ？」

「はい」

何度も念を押す孫大臣は、娘を心配してやまない父親といった風に見えた。

どうやら、親子とはいえ強く出られないらしい。ここへ入ってきたときはいかにも権力者という横柄な態度だったのに、娘の前ではそれがすっかり消え去っている。

娘に対して負い目があるようだ……。

宮女たちから聞いた話を思い出すと、それも納得できる。

かつて、孫大臣はご自身とそう変わらぬ年齢だった先帝様の後宮に喜凰妃様を入宮させていた。よくあること……といえばよくあることなのだが、慣例通りであれば皇帝陛下が代替わりすれば後宮の妃たちも一新される。

ところが喜凰妃様はそのまま後宮に留められ、現皇帝陛下の四妃となった。

喜凰妃様は『寵愛を受ける前に先帝様は亡くなり、その後で再び後宮入りするも皇帝陛下は現れない』というおつらい状況にある。

これでは、後宮での暮らしに嫌気が差しても仕方がない。もっとも、喜凰妃様は不満の一つも漏らしたことはないそうだが。

「そうだわ、お父様。新しい女官が増えたのです！」

喜凰妃様が思い出したかのようにそう告げる。

目線はこちらに向けられていて、私はどきりとした。

「あの黒い髪の子です。宋樹果といって、とても元気で働き者なところが気に入っております」

「あぁ、そういえば報告を受けていた。ええと、新しい女官は確か礼部の祭事担当者の……？」

孫大臣が首を捻る。

私は持っていた布を掲げて頭を下げながら、早口で答えた。

「礼部、祭事担当者の官吏である呉の妻の従妹の夫の妹の宋樹果でございます！」

「…………？　よきに励め」

用意された偽の身分を名乗れば、孫大臣は眉根を寄せて「いちいち覚えていられるか」といった風な顔をした。

私もこれが仕事上の役割でなければ覚えられない気がする。

喜凰妃様はにこにこと笑っておられて、いつも通り和やかな空気を放っていた。

「そうだわ。お父様、せっかくだから樹果に何かあげてもいいでしょうか？」

「え？　ああ、構わない……」

突然のことに驚き、私は喜凰妃様を見つめて戸惑う。

「嬉しい！　ふふっ、樹果は飾り甲斐があると前から思っていたのよ！」

妃が女官に私物を下賜するのは珍しくないが、それはあくまで長らく勤めてくれていることに対する褒美であり、まだ数日しか勤めていない私に……というのは異例だろう。

でも喜凰妃様は笑顔で私に言った。

「この珊瑚なんてどう？　髪飾りにしたらあなたの黒髪によく似合うと思うわ」

「えええ⁉　いえいえ、その、私などには……！」

とても受け取れないと一歩後退る私に、女官らの注目が集まる。

まずい……！　新米女官が喜凰妃様のものをいただくなんて、しかも高価なものを……こんなの憎まれる理由にしかならない！

真面目に仕事をすることで女官たちの信頼を得ようと思っていたけれど、喜凰妃様の慈悲深さがすべてを無に帰そうとしていた。

「いいのよ、私があげたいの。もらってちょうだい？」

よくないです。困ります。

そんな言葉が反射的に口から漏れそうになり、不自然に口をつぐんで青褪める。

「樹果、遠慮はいらないわ。だってとても似合っているもの。さぁ」

そう言って珊瑚を差し出される。

ここまで勧めてくださっているのに断れば、喜凰妃様に対しての無礼になる。

私は諦めて受け取ることにした。

「ありがとうございます……」

向けられる嫉妬に胃が痛むも、どうにか無理やり笑みを浮かべて珊瑚を受け取った。布の上に載せられたそれは艶やかで、新米女官が持つには分不相応にもほどがある。

喜凰妃様は「ほかの皆にもそれぞれ分けますからね」と言ってくださったが、すでに私に対する憎悪は膨れ上がっているように感じ、どうにもならないような気がした。

孫大臣はそれからすぐに宮廷へと戻っていき、私たちは贈り物の仕分けを行うことに。

喜凰妃様の目があるここですら針の筵なのに、これから私はどんな目に遭うの？

今まで以上に気を引き締めて、警戒しなくては。

殺伐とした空気の中で私は密かに覚悟するのだった――――。


けれど翌日、さっそく事件は起きた。

「ああっ、警戒していたのに……！」

喜凰妃様から珊瑚をいただいてしまった私は、女官たちに宴の招待状を代筆する仕事を押しつけられた。

傷んだ筆と欠けた硯を与えられて、一人きりで作業をしながら「何だか尼寺で修行しているみたい」という感想を抱いていた。

必死で書き続けること三刻。どうにか終わりが見えてきたとほっとしたとき、女官の笙鈴さんが私のところへやってきた。

『東の外れにある蔵から書物を運び、それも今日中に書き写しておくように』

私がおとなしく「わかりました」と返事をしたのが気に食わなかったのか、笙鈴さんは目を細めて睨んできた。でも、彼女もまた女官の中では下位である。ほかの女官たちの使いっ走りなのだろうと思うと、こんなことでしか憂さ晴らしができないんだなとちょっと同情した。

ここにきて新しい仕事が追加されるのは明らかに嫌がらせだった。だとしてももっと陰湿な虐めも覚悟していたので「これくらいなら……」と思って言いつけに従う。

けれど東の外れにある蔵に到着した途端、突然扉が閉まって出られなくなってしまった。

「笙鈴（ショウリン）さん⁉」

扉を叩（たた）いて叫んでも、誰かが助けてくれる気配はない。

蔵というより納屋と言った方が合うボロボロの建物は、ところどころ壁が剥がれていて薄気味悪い。

「油断してた……！」

頭を抱えて反省していると、蔵の奥にいた人物が声をかけてきた。

「あれ？　采華（サイカ）が何でここに？」

「流千（ルーセン）⁉」

振り返れば見慣れた顔がそこにあり、私は驚いて目を瞬く。

流千（ルーセン）は藍色の法衣姿で、その手には花奇楠（かきなん）の数珠と神具の鈴を持っている。

「女官の一人に騙されて閉じ込められたの」

「へぇ、それは災難だったね」

緊張感のない声はいつも通りだった。

私は流千（ルーセン）のそばに寄り、木箱の上に座って尋ねる。

「あなたの方こそここで何してたの？」

「僕はお客さん待ちだったんだよ。宮女や宦官から占いをしてもらいたいって言われて」

弟は精力的に副業を行っていた。

紅家の春貴妃様に頼んで、仙術士として出入りする許可をもらったんだとか。

「え？　今、流千は私の仙術士でありながら春貴妃様の仙術士でもあるの？」

「うん。後宮の規則ではかけ持ちは禁止されていなかったんだ。春貴妃様の仙術士っていう身分があった方が後宮内を探りやすいし、四妃の仙術士ともなれば後宮と宮廷を堂々と行き来できるから。仁蘭様に頼んで紹介してもらった」

後宮の規則を作った人も、まさかそんな抜け穴があるなんて思っていなかっただろうな。

春貴妃様は「いらない」と言って仙術士を連れてこなかったらしく、それがここにきて役立ったということだった。

「いい小遣い稼ぎだと思ったのに、面倒なことに巻き込まれちゃったなぁ……」

「私は流千がいてくれてよかったけれど」

一人より二人、しかも相手が弟でホッとしている。

「采華、半月でここまで嫌われるのは才能だね」

「いらないわよ、そんな才能」

喜凰妃様から珊瑚をもらってしまって、そのせいで女官たちの嫉妬心が燃え上がったのだと説明する。

古い棚の上に腰かけた流千は「なるほどね」と言って苦笑いだった。

「あっ、才能といえば、私ってちょっと神力があるんだって」

「は？」

禅楼様から初日に声をかけられたことを思い出し、流千に伝えた。

けれど弟は「そんなはずないのに」と真剣に考え込む。

「采華に神力はないよ。これっぽっちもない」

「そうなの？」

「うん、人並外れて体は丈夫だし精神的にも図太いけれど、それは神力のせいじゃなくて持って生まれたものだし」

「もうちょっとほかの言い方はないの？　失礼ね……！　でも、それじゃあなぜ禅楼様はあんなことを言ったのかしら？」

ただの冗談だった？　ううん、あのときはからかっている雰囲気なんて感じられなかった。

でも私としては、よく知らない禅楼様より流千の言葉の方が信じられる。ので「やはり私には神力はない」と結論づける。

「私が受けている嫌がらせって、禅楼様が女官たちの前であんなこと言ったせいもあると思うのよね。あのとき注目されなければこんなことになっていないような気がするの」

「そうだとしたら、迷惑な爺さんだね。女官たちの間に諍いを起こして楽しみたいとか、そういう趣味があるのかな」

「さすがにそれはないと思いたいけれど……」

なんという迷惑なことをしてくれたんだと、小さなため息が漏れる。

「ねぇねぇ、ところでこれって密会になる？」

流千(ルーセン)がふとそんなことを言い出した。

「姉弟で？」

「だって今は范采華(ハンサイカ)じゃなくて宋樹果(ソウジュカ)なんだから。でも困ったな……誰かに見つかったら『後宮の秩序を乱した罪で死刑だ！』とか言われかねないよ」

「こんなことで⁉　本当に人の命が軽い……！」

処刑されたくなくて取引したのに、これで捕まって処刑されたら元も子もない。

絶対に誰かに見つかるわけにはいかなかった。

「つまり女官たちは、若い仙術士がいると知って利用しようとした……？　二人きりにすれば秩序を乱したとか何とか言って責められるから？」

「そんなところじゃない？」

流千(ルーセン)が扉の真正面に立ち扉を押してみるけれど、向こう側にしっかり錠がかかっているらしくびくともしなかった。

「僕が非力なんじゃないからね？」

「誰もそんなこと思っていないわよ」

振り返ってわざわざそんなことを言ってくる。

私は呆れ笑いを浮かべつつ答えた。

「ん？　これは……」

扉のすぐ横に置いてある、古い樽が目に留まる。

近づくと、小さな香炉がちょこんとあった。青銅で作られた円筒状の香炉は庶民でもすぐ手に入るようなものだが、蔵に置く意味はない。

「なぜこんなところに？」

香炉の中の黒い粉末から微量の煙が出ていて、ふわりと甘い香りがした。

流千もそれを見ると思いきり眉を顰める。

「うわ、まずい。『天女の微笑』だ」

「何それ」

「表で売れない薬の一種だよ。巷では『女乱香』とか色々な名前で呼ばれているけれど、これはおそらく媚薬効果のある香だね」

「っ!!」

私は慌てて袖で鼻と口元を覆い、香炉から離れた。

「ここで人に言えないような行いをして、私が処罰されればいいと考えて……？」

「そうだろうね。僕らが姉弟だったってことは計算外だったんだろうけれど」

「雑な計画！　このまま人に見つかって、姉弟で罰せられるのは嫌よ!?」

ひとまず、ここから脱出しなければ。

この蔵の古さなら、壁を壊して出られるかもしれない。

壁に投げつけるものはないかと辺りを見回していると、流千が扉に向かって右手を翳して何かを呟いた途端、風の塊が現れてドンッと大きな音がした。

「きゃあっ！」

「よし、開いた！」

「開いたっていうか吹き飛んでるわよ⁉」

扉が粉々になり、地面に木くずが散らばっている。問題の香炉は落下して砕け、中身が出てしまっていた。

火が！　蔵が燃える！　火事になる！

「誰かに見られたらまずいから先に行くね！」

「ええぇ⁉」

「適当にごまかしておいて！」

「ちょっと！」

流千は私を残して走っていく。その姿はあっという間に見えなくなった。

「そうだ、火！」

私は慌てて香炉のそばに駆け寄り、漏れ出た中身を靴でばんばんと踏みつけて火を消した。

「あっつ！」

薄い靴から熱が伝わってくる。灰が靴底にくっついて、なかなか熱が消えてくれない。

眦にうっすらと涙が滲んできた。

「これは一体……？」

私が必死に火を消していると、異変に気づいた宦官の人がやってきた。

扉の壊れた蔵を見て不思議そうな顔をしている。

「おまえが壊したのか？　どうやって？」

宦官の視線が私と蔵を交互に行き来する。困惑するその様子から、私が素手で扉を破壊したのかと疑惑を持っているに違いない。

どうしよう！

適当にごまかしておいてという流千の言葉が頭をよぎるも、まったく言い訳が思い浮かばない！

ここは堂々と……！

「私は関係ありません」

「そんなわけないだろう⁉」

「本当です、私も今来たばかりです」

「はぁ？」

流千をお手本にして、真顔できっぱりと言い切ってみた。

いつ嘘だとバレるか、さっきから心臓がばくばく鳴りっぱなしである。

でも、おどおどして目を逸らしたら負ける気がする！

もう一度「知りません」と言おうとしたら――。

「何をしている」

突然、低い声が割って入ってきた。

鮮やかな赤い髪が視界をよぎり、黒い服を着た背中に目の前を塞がれ、宦官の姿は見えなくなる。

「この者は、喜凰妃様に仕える女官だ。取り調べたいなら、喜凰妃様並びに孫大臣を通すことになるがそれでもいいのか？」

「い、いいえ！　滅相もございません！」

「ならば行け」

「はい！」

広い背中から顔を出せば、さっきの宦官が転びそうになりながら走って逃げていくのが見えた。

よほど恐ろしかったのだろう、振り向きもせずに一目散に駆けていく。

有無を言わせぬ態度だったけれど、もしかして私を助けてくださった？

いや、でもこの方に限ってそんなことがあるはずないんだけれど……？

とにかく助かったことには違いない。ただし気になることはある。

「あの、仁蘭様。よろしいのですか？　勝手に喜凰妃様や孫大臣の名を出して」

見上げればその端整なお顔があった。

彼は前を見たまま、少し嘲るように言った。

「あいつらは権力に弱く、己に利がなければ動かない。今見たことを他言すれば面倒なことになるとわかっているから口外はしないだろう」

「なるほど……ところで仁蘭（ジンラン）様はどうしてここへ？」

「おまえがなかなか現れないから様子を見に来たんだが？」

そうだった。竹林で待ち合わせをしていたのをすっかり忘れていた。

「すみません、ちょっと事情がございまして……」

ほかにも人が集まってくる前に早く場所を移さなければ。

そう思い歩き始めると右足の裏がじんじんと痛み出した。さっき灰を踏みつけたせいで火傷（やけど）をしたらしい。

「どうした？」

「あ、えっと……とりあえず私の宮へ寄ってもいいですか？」

私は平静を装い、笑顔で西側を指さす。

痛みで顔が引き攣っているかもしれないが、ここで一から説明している時間はなかった。

仁蘭（ジンラン）様は頷き、私と共に宮へ向かった。


宮に到着するまでに、蔵で起きたことはおおまかに報告した。それに、未だ美明（ミメイ）さんの行方はわからないということも。

歩くたびに右足の裏にピリッとした痛みが走り、ここまで来るのも少しつらかった。

私は茶を淹れるから待っていてほしいと仁蘭（ジンラン）様に告げ、厨房へ入る。湯が沸くまでの間、戸棚にあった清潔な布を手に取って土間に腰かけた。

仁蘭（ジンラン）様をあまり待たせるわけにはいかないから、十分には冷やせないな。そう思ったとき、頭上から突然声が降ってきた。

「おい」

「ひっ！」

私は小さな悲鳴を上げた。

脱ぎかけた靴がはずみで転がり、ころんと裏返るのが見える。

「な、何でしょう？」

「茶はいい。先に手当てをしてしまえ」

「え……？」

「歩き方がおかしかった。ごまかせると思っていたのか？」

気づかれないようになるべく右足を踏みしめずにいたのに、完全にバレていた。

仁蘭（ジンラン）様は私のそばにあった布を取り、水甕に近づく。そして慣れた手つきでそれを濡らし、軽く絞ってから私に手渡した。

「あ、ありがとうございます」

受け取った布を右足の裏に当てると、ピリッとした痛みと共にひんやりとした心地よさもあった。

仁蘭（ジンラン）様は私をじっと見下ろしている。

火傷の手当てが珍しいの？　それとも「火傷なんてしやがって」と睨まれている？

沈黙に耐えきれなくなって恐る恐る顔を上げれば、無表情の仁蘭（ジンラン）様と目が合った。

「おまえを騙した女官に報復はするのか？」

「報復って……そんなことしませんよ」

「甘い顔をしているとまた同じような目に遭うぞ」

仁蘭様の言っていることは理解できる。

でも、私以外の証言や証拠もないのに女官たちに歯向かうのは分が悪い。それに笙鈴さんだってこうせざるを得なかった理由があると思うのだ。

「仁蘭様はあちこちと喧嘩しながら生きていらっしゃるのでしょうが、誰かと喧嘩をすれば禍根が残ります。どちらも無傷ではいられません。それに今の私は下っ端の新人女官ですから、何の武器もないのですよ……？　武器を持たぬ者に戦えというのは強者の暴論です」

仏の心で許してやっているわけではない。ただ単に、打つ手がないのである。最下位の新米女官にどうしろと言うのだと、笑いが漏れた。

「あっ、でも諦めるわけではありませんからね？　美明さんの行方がわかれば、私はすぐに女官たちから逃げます！　ええ、それはもう華麗に颯爽と」

「逃げるのか」

「当たり前じゃないですか！　まともに戦ったら命がいくらあっても足りませんよ!?」

これだから戦える人は、と私は呆れて息を吐いた。

追い込まれたとき以外は『逃げるが勝ち』である。

「仁蘭様も、どうかご無理はなさらないように。川に飛び込んで何度も助かるとは限りませんよ？」

無茶ばかりしていると私よりも仁蘭様の方が先に命を落としそうだ。

「俺のことはいい。まだ薬は塗らないのか？」

「せっかちですね!?　もう少し冷やさないといけないのに……」

でも文句を言ったところで仕方がないので、投げやりに答える。

「戸棚に軟膏があります。冷やしたら塗るので、仁蘭様はどうかあちらで待……って何を？」

仁蘭様は戸棚を開け、そこにあった小さな木の容器を取り出した。蓋を開けて中身を確認し、「これが薬？　色が汚すぎないか？」と呟いた。

我が家に伝わる秘伝の軟膏は、深緑色で見た目は悪いがよく効くのだ。

汚いなんて失礼な……と不貞腐れる私に、仁蘭様は無言でそれを差し出してきた。

「あ、ありがとうございます」

もしかして手伝ってくれているの？

私は信じられないものを見る目で仁蘭様を見つめる。

そういえば、竹林での報告に遅れるどころか仁蘭様に迎えに来てもらった形になってしまったけれど一度も咎められていない。

鬼上司なのに意外と面倒見がいいんだろうか？

「仁蘭様、さきほどはもしや私を捜しに……？」

嘘ですよねと思いながら尋ねてみると、彼は意地悪い顔で答えた。

「様子を見に行っただけだ。逃げたのかと思ったがきちんと働いているようで何よりだ」

後宮から逃げるどころか、閉じ込められていましたが？

私は苦笑いで視線を落とす。

「逃げてどうにかなるなら逃げていますよ。それこそ、後宮の壁をよじ登ってでも」

逃げたところで召喚術を使った罪でお尋ね者になってしまう。これは取引なのだから、役目をまっとうする以外にはないのだ。

それに、美明さんの行方は私も気になっている。

「私は私にできることをすると決めました。だからそれが終わるまでは逃げません」

そう宣言すると、仁蘭様は少し驚いた顔をした。

でもすぐにまた不敵な笑みを浮かべて言った。

「俺は逃げた者を追いかけるようなことはしない。そもそも、皇帝陛下の敵ならともかくおまえたちはただの愚か者だしな」

「うっ」

追う価値もないということか……。

辛辣なお言葉が胸に突き刺さる。

「だが、今おまえが壁をよじ登っていたら引きずり下ろして引き留めるくらいはしてやろう」

「嬉しくない……！　目が笑ってませんよ⁉」

想像しただけで恐ろしくてぞっとした。

絶対に逃げられそうにない……！

怯える私を見て、仁蘭様はくっと喉を鳴らして笑った。

もしかして、この方は獲物を追いつめて喜ぶ性格なんだろうか？

そうだとすれば、鬼もびっくりの残虐性である。

「貸せ」

「えっ？」

仁蘭様が目の前で屈み、片膝をついて薬を塗った布を私の手から抜き取った。そして私の右足をそれで包んでくれる。

「この火傷はすぐに治るのか？」

「た、多分。そんなに酷いものでは……っていいです、自分でできますから！」

誰かに足を触られたことなんてない。恥ずかしさで顔が真っ赤に染まる。

足元で手を彷徨わせていると、仁蘭様は黙々と布を巻きつけ……………。

「やってもらっておいて何ですけれど、もしや手当てをしたことがあまりないのでは？」

布がだぶついておかしなことになっている。

仁蘭様はばつが悪そうな顔をして手を止めた。少しの沈黙の後、彼は私の足を解放する。

「怪我は放っておけば治るから、このようなことは慣れていない」

「やっぱり」

自然に布を取ったから、てっきりうまいのかと思ったのに。私はつい噴き出してしまう。

仁蘭様は再び立ち上がり、目を逸らした。

その姿が何だかかわいらしく見えて、私は笑うのを堪えきれなかった。

宦官から助けてくれて、今もこうして私の手当てをしようとしてくれて、この方は酷い人ではないような気がする。

死んだらそれまでとか言うくせに、世話焼きな一面もあるなんて……。

「仁蘭様はどういう人なんですか？」

「俺に聞くな」

一体こいつは何を言っているんだという顔をされた。

じっと見つめて何かわかることもないのだが、ついその横顔から目が離せなくて見つめてしまう。

「……きちんと眠っていますか？」

聞かなくても答えはわかる。

見れば見るほど、あまり健康そうには見えなかった。

召喚術を使ったあの日から、いや、そのずっと前から十分に休んでいない可能性があるなと思う。

「俺は平気だ」

そっけない返事は、彼が彼自身をどうでもいいと思っているかのようだった。

「昔から人より丈夫なんだ」

「そういうのがいけないんですよ！」

私は右手の人差し指を立て、真剣な顔で訴えかける。

「薬屋の娘として言わせてもらえば、人の体はすべて平等に労るべきなんです。人より丈夫だから？

「そんなの関係ないんですよ。粗雑に扱っていい体なんてありません」

若い人はすぐ自分の健康を過信する。

俺は大丈夫だと自信満々で笑っていた人がある日突然倒れるなんてよくあることで、怪我も病気も軽いうちに対処しておくのが本人のためなのだ。

「ちゃんと寝て、食べて、自分を労っておかないと、いざというときに動けませんよ?」

「………」

あぁ、おそらく仁蘭様は今「口うるさい女だな」と思っている。

何も言わずとも目でわかった。

こういう人にしつこく注意しても無駄なことはわかっているけれど、ほかに誰も言わなそうなので私が会うたびに言うしかないんじゃない?

これは当然、仕事の範囲内ではないけれど……。

「少し粗雑に扱ったくらいで死んだら、それこそ諦めるしかないな」

「何てこと言うんですか」

私は顔を顰める。

その言葉は仁蘭様の強がりでも何でもなくて、本気でそう思っているのが伝わってきた。

もしかしなくても、仁蘭様は自分を労るということを知らないのでは?

だとしたら、彼が私に『死んだらそれまで』『何かあっても助けが来ると思うな』と言ったのも理解できる。

あれは仁蘭様の信条なのだ。

私は無意識のうちに手渡された布をぎゅっと握り締める。

「お可哀想な仁蘭様」

どんな生き方をしてきたら、こんな風に自分の命を軽く考えるようになるのだろう？

仁蘭様のように名家のご子息として生まれ育ったら、他人はともかく自分の命は大事にしそうなものなのに。

「自分を大事にできない仁蘭様はとても可哀想です……」

視線を落としやるせない気持ちで呟くように言うと、仁蘭様は私を見て鼻で笑った。

「足の裏を火傷している女より？　俺が可哀想だと？」

「………」

それを言われると返事に困る。

そういう意味じゃなかったんですよ、そういう意味じゃ……。

自分の体を粗末に扱うことに慣れた、可哀想な人だなと思ったのだ。

余計なお世話だろうがこの人をこのままにしておけない。

でも、私に何ができる？　考え込んでいると、仁蘭様に叱られた。

「早くしろ。なぜそのようにおかしな顔をしている？」

「おかしな顔……!?」

文句を言おうにも、この方の麗しいお顔に比べれば誰だっておかしな顔である。

私は赤く腫れた右足の裏に軟膏を塗り直し、包帯を巻いて靴を履き直した。そして改めて仁蘭様にお礼を告げる。

「ありがとうございました。助けてくださって、火傷の手当ても手伝っていただいて」

「あぁ、道具はきちんと手入れする性分だからな」

「道具って……」

手当てを手伝ってくれたから、ちょっと優しいところもあるのかなって思ったのに！

むっとした私は投げやりに言う。

「はいはい、そうですね。道具も大事にすれば魂が宿ると言いますから、大事にしてくださいね！」

仁蘭様は私の態度に怒ることはなく「ああ言えばこう言う」と笑っていた。

いつもみたいに意地悪でも高圧的な感じでもなく、面白がって笑っているように見える。

こんな風に普通に笑えるなんて知らなかった。つい見入ってしまったが、あまり凝視するとまた怒られそうだから見るのをやめた。

私は軟膏や包帯の残りを戸棚に片付ける。

そのとき小さな桐の薬籠が視界に入り、迷いながらも指を伸ばして薬袋を一つ摑んだ。

「仁蘭様」

「何だ」

振り返れば、いつも通り表情のない美麗な青年が立っている。

私はゆっくりと近づき、その手に薬袋を押しつけた。

「あなたにとって私は道具でも、私にとって仁蘭様は人間です。――命はお大事に」

仁蘭様の真似をして、余裕のあるように嫌みっぽくにこりと笑って言ってみた。道具だと言い放った哀れな女に同情されるくらい、自分が酷い状態だと気づいてもらいたい。

まぁ、でも無理だろうな。

案の定、理解できないといった顔をされた。

「俺は怪我などしていない」

薬をもらう必要はない、そう言いたげだった。

いかに問題があるか、一つ一つ指摘しなければわかってもらえないらしい。

「しっかり眠っていないお顔です。食事も疎かにしているのではありませんか？」

「…………」

「これは地黄から作った薬です。白湯に溶かして毎晩寝る前に飲んでください」

さすがに一度飲んだくらいでは劇的な変化はないけれど、続けて飲んでいれば血の巡りがよくなり、栄養が体に行き渡るとされている。

召喚術で神力をたくさん使った流千のために、と作っておいたこれは仁蘭様に差し上げることにした。

「私はあなたが心配です。きちんと飲んでくださいね」

仁蘭様は私が無理やり押しつけた薬袋に視線を落とし、少し戸惑った様子だった。その反応を見るに、飲むか飲まないかは五分五分に思えた。

きっぱりと「不要だ」と言わないあたり、自分でも体が弱っている自覚はあるのだろう。でも「こんなものが効くのか?」とも疑っていそうだった。

私にできるのはここまでで、あとは仁蘭(ジンラン)様に任せるしかない。

「次の報告でお会いするときまでに飲み切ってください。お願いしますよ?」

「……」

答えはない。

それでも薬を突き返されることはなかったので、おとなしく飲んでくれると信じたい。

こんな約束とも言えない約束をして、私たちはそれぞれの場所へと戻っていった。

第四章　白銀の猫

それからしばらくの間、何事もなく日々は過ぎた。

後宮の庭に目を向ければ木々の間を鳥たちが飛び回り、緑はより生き生きと輝き出している。

女官たちは私がこれまでと同じく平然と働くのを見て悔しげな顔をしていて、しかも私が虫などの贈り物を大歓迎していることにも気づき始め、苛立ちを募らせていっているように思える。

また何か起きなければいいけれど……。

今日も私は書机の前に座り、喜凰(きおう)妃様がほかのお妃様に送る初夏の茶会の招待状を代筆していた。

一段落つく頃には空は爽やかな青から茜色(あかねいろ)に変わり、今夜も食堂や湯殿で宮女たちから情報を集めなければと考えていた。

美明(ミメイ)さんの行方は依然として摑めない。

宮廷に出入りし始めた流千(ルーセン)によれば、あちらは不穏な空気でいっぱいらしい。

今、宮廷は皇帝派と孫(ソン)大臣派に分かれている。

もちろん仁蘭(ジンラン)様は皇帝派で、皇帝陛下に逆らう者は容赦なく罰することで『皇帝の犬』『残虐非道な鬼』などと呼ばれていた。

流千曰く「すごく嫌われてる！」と……。

二つの派閥が犬猿の仲であるのは、六年前に起きた先帝様の死がきっかけだった。先帝様は公には病死とされているが、実は孫大臣によって毒殺されたのではないかという噂が流れていた。宮廷を手中に収めたい孫大臣と、傀儡にはならずそれに抵抗する新皇帝。その勢力争いは次第に激化している。

そんな中で美明さんが失踪したのだから、孫大臣の娘である喜凰妃様が絡んでいると仁蘭様が考えるのは妥当だろう。

『仁蘭様は、孫大臣を失脚させたいんだよ。祖呉江には孫大臣の息がかかった組織の拠点があるらしくて、犯罪の証拠を集めるためにあの夜はわざわざ自ら調べに行っていたみたい』

流千は吉凶を占うと称して宮廷の事情を探り、この短期間でたくさんの官吏や武官と知り合い人脈を広げていっていた。

宮廷一の仙術士というより、宮廷一の人たらしの道を進んでいる。

『占いで稼いで、伊家よりたくさんの賄賂を尚薬局に渡せるようにするから！』

そんな新たな目標を掲げていた。

弟はどこまでも強かだった。

昨夜見た明るい笑顔を思い出した私は、小さく息をつく。

「伊家より多い賄賂って、一体いくらなのよ……」

途方もない額であることは確かだ。

それに、流千(ルーセン)の態度からは私が美明(ミメイ)さんを見つけられるとは到底思っていないということが伝わってくる。

家のことさえ解決できたら、二人で逃げようと考えていそうだなと思った。

「私、仁蘭(ジンラン)様に逃げないって言っちゃったよ……?」

第一、たとえ賄賂作戦が成功したとして美明(ミメイ)さんが見つからないまま後宮を出るのは気が進まない。成り行きで仕方なく引き受けた仕事でも、仁蘭(ジンラン)様もほかに方法がなくて私に命じてきたのだろうし……。

力になりたいと思うのは無謀だろうか?

「恋人がいなくなったのなら、寝られないし食べられないのも当然よね」

仁蘭(ジンラン)様の疲れた顔を思い出す。

私に恋人はいないが、もしも弟が行方不明になったら何としても捜し出そうとするはずだ。

それこそ、心配しすぎて正気を保っていられないかもしれない。彼女にどうか無事でいてほしいと思いながら、いったん代筆の作業を止めて仁蘭(ジンラン)様への報告のために筆を取る。

『仁蘭(ジンラン)様、きちんと薬は飲んでいますか? 体調はどうですか? 眠れないときは首筋を温めるなどが効果的ですよ。自分では疲労を感じていなくても、きちんと決まった時間に休むことをお勧めします。また新しい情報が入ったらご報告いたします』

これといった新たな手がかりも見つからず役立つ情報もないせいで、気づいたら文が体調を伺う内容になってしまっていた。

これまで同じ人に何度も文を書くこともなければ、報告書を上げることもなかったので文才のなさを実感する。

でも『報告なし』とだけ書くわけにもいかず、結局私はこのまま文を出すことにした。

そんな日々が五日ほど続き、代筆の仕事がある程度片付いた午後のこと。

——みゃー……。

窓の外から、今にも消えそうなほどか弱い鳴き声が聞こえてきた。

耳を澄ませばさらに二度高い鳴き声が聞こえてきて、それに呼ばれるように外へ出る。

深緑色の葉をつけた槐樹（かいじゅ）の方から聞こえる声を辿っていけば、根本の辺りにふわふわとした白銀色の生き物がいた。

「白銀色の猫？　珍しい」

思わず上げた私の声に、丸い耳がぴくりと反応する。でも、目が合っても逃げるどころか少しも動こうとしなかった。

どこかで飼われていた猫だろうか？　人に慣れているみたいだ。

「触ってもいい？」

当然、返事はない。出血があるわけでもなく、怪我を負っている様子はない。エサを十分にもらえていなかったのか、痩せていて衰弱しているように見えた。

このままここに置いておくと死んでしまいそうで、私はこの子を自分の宮へと連れていった。

「何か食べさせるものは……」

薄い皿に水を入れ与えてみると、猫はぴちゃぴちゃと音を立てながらそれを飲んだ。流千が畑の野菜を育てるために神力を注いでおいた水だから、これを飲んだら少しは回復するはずだ。

「猫って何を食べるんだろう？　この人懐っこさだと誰かに飼われていたみたいだし、普段から食べ慣れていなければトカゲやネズミは食べないよね？」

ここには人間用の薬や乾物はあるけれど、どれも猫にはよくない気がする。

しかも、弱っているこの子に固形物は無理かもしれない。水を飲む白銀色の猫を見ながら、私は悩んだ。

「あ！　宮廷の食堂になら山羊の乳がある！」

ここには何もないけれど、密かに宮廷に連れていけばいいのでは？

流千が使っている抜け道を使えば宮廷へ行けるし、今や仙術士として堂々とあちらにいる流千には自由に使える部屋もあると聞いている。

そこならこの子を預かってもらえるのではと思った。

「よしよし、一緒に食べ物をもらいに行こうね」

「みゃ！」

猫を抱きかかえようとしたところ、手の間をするりと抜けて走っていく。

一体どこへ行くのかと後を追うと、猫は厨房に入ってしまっていた。

大丈夫、火は消してある。怯えさせないようにゆっくりと近づけば、猫は窓辺に干してあったヤモリに噛みつきもしゃもしゃと口を動かしていた。

「え！　それがいいの!?」

信じられない。器用に前足を使ってヤモリを掴み、躊躇いなくかぶりついている。私の問いかけに返事はないが、猫は満足げな顔に見えた。

こういうのが好きなんだろうか……？

私は壺に入れてあった蛙の干し物も差し出してみる。

「これも食べる？」

「にゃ！」

大きな口を開け、ぱくりと噛みつく。

猫はすべてきれいに平らげた後、丸くなって目を閉じた。どうやらお腹いっぱいになったのでひと眠りするらしい。

よく見ると毛並みが輝くように光を放っていて、ついさっきまで衰弱していたとは思えないほど元気そうだ。

「どういうこと……？」

保護しなければ死にそうなくらいに弱っていたのに、こんなにすぐに回復するとは!?

どう考えてもおかしい。

「う～ん、元気になったのはいいことだけれど、あなたは何者……？」

すやすやと眠っている姿は普通の猫だった。

私は戸惑いながらも、その背をそろそろと撫でる。

「かわいい……」

息をするたびに上下する背中に、触り心地のいいふわふわの毛。

それを見ていると、こんなに愛らしいこの子にはもっときちんとした食事をあげたいという気持ちになった。

「やっぱり宮廷に連れていこう。ここには大したものがないし」

いくら食事を運んでもらえるようになっているとはいえ、あくまで人間用である。私は猫を腕に抱え、宮廷にいる流千（ルーセン）を訪ねることにした。

流千（ルーセン）は今、宮廷付きの仙術士たちと同じく外廷の一角に部屋を持っている。宮廷で活動しやすいよう、仁蘭（ジンラン）様が用意してくれたらしい。

注目を集めてこの子がびっくりしないように、藍染の布で猫をくるんでから宮を出る。

流千（ルーセン）に教えてもらった抜け道は、竹林を抜けてすぐの場所にあった。管理局のある黒い屋根の建物を横切り、後宮と宮廷の間に作られた壁を目指す。

藪（やぶ）で隠してある大きな穴を通り抜ければ、そこは人通りのない宮廷の西側だった。

後宮を出たのはここに来てから初めてで、見つからないか緊張で胸がどきどきした。幸いにも、ちらほら目にする女官たちは私と同じような装束を着ていて、髪型も似たり寄ったりで気づかれなそうだった。

しばらく歩いていくと石畳の小道に出て、そこで数人の官吏とすれ違ったが彼らは会話に夢中で私のことを気にも留めない。

堂々と歩いていれば注目されないものなんだなと安堵し、流千から聞いていた双頭の竜の飾りがついた朱色の建物の中へと入る。

三階まで階段を上がったところで、きれいな夕日が見えた。今日の仕事を終えた官吏たちが行き交っていて、さすがにここでは私は浮いているように感じる。

緊張しながら一歩ずつ歩いていく。

「みゃ」

それなのに、今まで眠っていた猫がふいに鳴き声を上げた。周囲の人々の視線がこちらに向けられ、どきりとして体が強張った。

「ごほっ……！　う、うん。し、失礼しました……！」

ここで身分や役職を尋ねられでもしたらまずい。咄嗟に咳ばらいをしてごまかした私は、足早に廊下を進んでいく。

あと少し、あと少しで流千の部屋につく……！　どうか誰にも声をかけられずに済みますように。

心の中で必死に願いながら歩いていく。

「おい、そこのおまえ」

「っ！」

願いも空しく、髭を生やした武官に声をかけられてしまう。

正面からやってきたその人は後宮でも見かける黒い装束の武官とは違い、紺色の装束に帯刀姿だった。

しかも彼の視線は私の腕の中に向けられていて、「なぜここに？」といった風に眇められている。

しまった、頭が布の隙間から出ていた！

すぐさま布を被せて隠すもすでに遅い。

「それはどこで見つけた？」

「あぁ～、ええーっと……」

後宮で、と正直に答えると後宮から宮廷へ出てきていることが露呈する。

私は返答に困ってしまった。

けれど、彼は私が何か言うより前にその手を猫に伸ばしてきた。

「まぁいい、これはもらっていく」

「えっ！」

私は猫を奪われまいと身をよじって武官の手を避ける。どう見てもこの人が猫を大事にするようには見えず、渡したくないと思ったのだ。

その瞬間、白銀色の塊が武官に向かって飛んでいく。

「みゃう！」

「うわぁっ！」

あんなにおとなしかった猫が、爪を立てて武官に襲いかかった。

右手にひっかき傷ができた彼は恐ろしい形相に変わり、床にトンッと着地した猫を睨む。

「痛ってぇ……！」

私は驚きで目を丸くするも、武官の手が刀の柄にかかるのを見て慌てて猫に声をかけた。

「早く！　一緒に来て！」

私が呼びかけると、まるで意思疎通ができているかのように猫は再び腕の中に戻ってくる。

こうなったらもう注目されたくないだなんて言っていられなかった。踵を返して今来た道を全力で駆け、官吏たちの間を縫って必死に走る。

「待て！」

後ろから武官の声がした。でも振り返っている余裕はない。

このまま駆けても、私の足では後宮に逃げ込む前に捕まってしまう。どこかに隠れる場所はないかとあちこちに視線を向かわせて扉を探す。

回廊まで走ってきたところで、下を歩いている人影が視界に入った。

赤い髪が夕日を浴びて美しく輝いて見えて、私ははっと目を見開く。

「じ……！」

危うく大声で名を呼びそうになり、私は口をつぐむ。

一階の小道を歩いていた仁蘭(ジンラン)様は、そのたった一言に気づいて顔を上げてくれた。目が合った瞬間、助かったと思った私は彼に向かって言った。

「受け止めてください！」

「なっ……!?」

迷っている時間はなかった。

私は手すりを跨ぎ、猫をぎゅうっと抱いたまま飛び降りる。

落ちるのは一瞬のことで、髪や頬を風が一気に撫でていった。あまりに必死で痛みや衝撃はほとんど感じられなかったが、どんっという鈍い音の後で目を開ければ鬼のような形相の仁蘭様の顔がものすごく近くにあって驚いた。

咄嗟の出来事だったのに、仁蘭様は私を横抱きにして受け止めてくれていた。猫もちゃんと無事である。

「おまえは死ぬ気か⁉」

「すみません！」

「火傷の後は飛び降りとは、どうかしている‼」

心の底から呆れられていた。仁蘭様は焦った顔をしていた。

びっくりさせて申し訳ないと思いつつも、私はうっかり呟く。

「死んだらそれまでって言ったのは仁蘭様じゃないですか」

「こういう意味じゃない！」

でも今は言い争いをしている場合ではなかった。「みゃあ」という鳴き声に、はっと我に返る。

仁蘭様はここで初めて私が抱いている猫の存在に気づき、その視線を落とす。

「何だ……？」

「追手が！　隠れないと！」

せっかく飛び降りたのに、ここで見つかったら元も子もない。

「この子を狙う武官が追ってきているんです！」

仁蘭様はなぜ武官が猫を追うのかと思ったようで眉根を寄せたが、私を下ろすと「こっちへ」と言い歩き出した。

遠くから人が走ってくる足音がばたばたと聞こえてきて、私を捜しているのだとわかる。いつの間にか人が増えている!?

このままじゃ、走って逃げたとしても追いつかれてしまう。

「何なんだ、その猫は？」

「拾いました！」

私の前を歩いていた仁蘭様は小さく舌打ちをし、すぐそばにあった壁に向かって自分の刀の柄を翳した。

ガタンと何か仕掛けが動く音がして「何だろう？」と思っていると、仁蘭様に肩を摑まれた。

「えっ」

「入れ」

壁に見えていたところは扉になっていて、私は強引に中へ押し込まれる。

「狭っ」

「我慢しろ」

とても二人で入れるような空間はなく、バタンと扉が閉まった後は仁蘭様の逞しい体軀と壁に挟まれる体勢になっていた。

すぐ目の前には仁蘭様の襟元があり、あまりの近さに心臓がどきどきと激しく鳴り始める。

「な……何ですか、ここは」

「密書のやりとりに使っている隠し部屋だ。文を置くための保管庫のようなものだ」

どうりで狭いと思った……！

仁蘭様は外のかすかな気配や音を探っているようで、私も息を潜めてじっとする。

今はおとなしくしてくれている猫に対し、「お願いだから今は鳴かないで」と心の中で懇願した。

ちらりと目をやれば、じっとこちらを見つめる光る瞳だけが暗闇の中で浮いている。

その目を見ていると、鳴かないでという私の気持ちが伝わったみたいだった。

私の緊張を感じ取ってくれたの？

賢い子だなと感心しつつも、猫が空気を読むのかと違和感を抱く。

回復力といい、言葉が通じているかのような反応といい、やはり普通の猫じゃないのでは？

「行ったようだな」

壁の向こうからかすかに聞こえていた人の声や足音が次第に遠ざかっていった。

私は安堵の息をつく。

でも、広がる静寂が私の心臓に悪すぎた。狭いから仕方がないとはいえ、仁蘭様の腕が私の顔のすぐ横にあり、まるで抱き締められているみたいな体勢で落ち着かない。

これはさすがに近い……！

頬が少し熱を持っているのがわかり、ここが暗くてよかったと思った。

しばらく耐えていると、仁蘭様がため息交じりに言った。

「まったく、おまえは想定外のことをしてくれる」

喋ると目の前の喉が動く。そのせいで存在を意識してしまい、私は視線を落とした。

「すみません……」

この子を守るためには仕方なかったのだけれど、偶然通りかかっただけの仁蘭様からすれば巻き添えである。

「受け止めた腕の骨が折れていたらどうしてくれるんだ」

「平気ですよ。仁蘭様はそんなにか弱くないはずです」

「それも勘か？」

「いえ。前に体を拭いたときに随分と鍛えていらっしゃるなと思ったので」

「おまえには恥じらいというものはないのか」

盛大に呆れられているが、あのときは弱っているこの人を助けなければと必死だったのだ。

「ずぶ濡れの人を助けるのに、脱がせるのを恥じらっていたら死なせてしまいますよ」

今の方が緊張しているし、恥じらいがなければこんなに息が詰まるような思いはせずに済んだのに……と残念なくらいだった。

私よりも仁蘭様の方が平気そうで、何だか悔しくなった私は強引に彼の胸を手で押して自分の空間を確保しようと試みた。

「おい！　動くな愚か者！」

「だって狭いんです！　猫が動けなくて可哀想ですし！」

「もうしばらくおとなしくしていろ！」

暗闇に目が慣れてきて、仁蘭様が私を見下ろし睨んでいるのがわかる。

視線がぱちりと合うと途端に気まずさが込み上げてきて、私は再び下を向いた。

「まったく、前にも言っただろう。おまえは下級妃とはいえ皇帝陛下の妃だ。品位を保て」

冷たい声音はいつものことだ。私が妃であることもただの事実だった。

それなのに、なぜか胸の辺りがもやもやして苦しくなる。

この間は手当てを手伝ってくれて、実はそんなに悪い人じゃないかもって思っていたのに……。

仁蘭様にとって私はあくまで下級妃で、明確な線引きがなされている。

そんなこと最初からわかっていたはずなのに、何だか無性にもやもやした。

「…………」

再び訪れた静寂を破ったのは仁蘭様の方だった。

「それは本当に猫なのか？」

「え？」

「俺の知っている猫とは随分と雰囲気が違う」

今もじっとこちらを見ている猫は、私たちの会話がわかっているようだった。

青色の目を見ていると吸い込まれそうで、不思議な感覚に陥る。

「後宮で衰弱しているようだったので、さっき保護したんです」

「衰弱？　そのようには見えないが」

今は毛並みも艶があり、元気そうにしている。

仁蘭様がそう疑問に思うのももっともだった。

「水とエサを与えたらすぐに回復したんです。普通の猫じゃないかも、とは私も思いました」

私たちの視線を集める猫は、ぺろぺろと手を舐めて毛づくろいを始めた。こういう仕草だけを見れば普通の猫である。

「私の宮にいるよりは宮廷の流千のところにいた方がきちんとしたエサにありつけるのではと思って、連れていこうとしたんです。けれど途中で武官に見つかって、この子を奪われそうになって……」

「武官が猫を？」

飼い猫でもなさそうだったのに、なぜあの武官は猫を奪おうとしたのだろう？

「この子はそんなに貴重な猫なんでしょうか？」

「…………」

猫はじっと見つめる私を見つめ返し「みゃあ」と鳴いた。

仁蘭様は武官がただの猫を追いかけるなんて普通はあり得ないと言うし、私もそう思った。

何か理由があったのではと首を捻っていると、仁蘭様の腕が動いた。

「そろそろいいだろう。ここを出よう」

「はい」

私は仁蘭（ジンラン）様に続いて隠し部屋の中から外へ出る。

すでに日は傾いていて、遠くに灯籠の明かりが点々と浮かんでいるように見えた。

武官の姿はなく、うまく逃げられたらしい。

今ここで再び宮廷内に戻るのは危険すぎるので、流千（ルーセン）に会いに行くのはいったん取りやめて私の宮で猫を匿（かくま）うことに決まった。

警戒しながら、来たときと同じく藪に隠された壁の穴を抜けて後宮へ戻る。

仁蘭（ジンラン）様は「流千（ルーセン）のやつ、勝手に穴を開けたな？」と眉を顰めていたが、聞こえなかったふりをした。

うちの弟が本当にすみません。

「行き来するのに便利でしょう？」

「何のために壁があると思っている？　行き来を防ぐためだ」

「ははは……」

苦笑いでごまかす。

「だいたい、流千（ルーセン）はすでに行き来できる許可証を持っているだろうが。こんな穴を開けて」

「本当に申し訳ございません」

ときおり強い風から腕の中にいる猫を庇いながら歩き続け、ようやく宮の明かりが見えたところで異変に気づいた。

「あれは……流千（ルーセン）!?」

扉にもたれかかり、ぐったりとした様子で地面に座っていた。

私は驚いてひゅうっと息を呑み、急いで駆け寄る。

「流千！　流千！」

隣に膝をつき、肩や頬に触れながら呼びかけた。明らかにいつもと違い、血色が悪く青白い顔をしている。

昨夜会ったときは元気だったのに……！

「流千、目を覚まして！」

呼びかけていると、流千はうっすらと目を開けて力なく笑った。

「ごめん、ちょっと失敗して呪われちゃった」

「呪……!?」

掴んだ手が信じられないほどに冷たい。私は小刻みに震えるそれを握り締めるだけで、体が動かなくなってしまった。

このままじゃいけない。寝台に寝かせて温かい薬湯を飲ませて、それから――――。

「除け」

「え」

大きな手が私の肩にかかり、視界が斜めになった。

直後にパ――――ン！　と大きな音がして、仁蘭様が流千の頬を思いきり叩いた。

「ええええ!?」

「痛い！」

赤くなった頬は痛々しく、でも流千の目にやや生気が戻ったのは気のせいじゃない。

流千に恨みがましい目を向けられながら、仁蘭様は冷静に言った。

「呪いに意識を呑まれるな。目を覚ませ、寝ているおまえに価値などない」

酷い。弱っていても仁蘭様は厳しかった。

でもそのおかげで流千はしっかりと目を覚まし、叩かれた頬を手で押さえながら「くそぉ……」と呟いた。叩かれてからずっと恨みの籠った目で仁蘭様を睨んでいる。

「鬼がいる……！」

「元気そうだな。その呪いとやらは人に広がるのか？」

「広がらないように僕が神力で抑え込んでるよ！　だいたい、人に広がるようならここへは来ないだろ、采華がいるのに！」

流千は叫ぶようにしてそう言った。

「こいつを中へ運ぶぞ」

「は、はい」

私が返事をするより早く、仁蘭様は流千の腕を自分の肩に回し、半ば担ぐようにして宮の中へと入っていった。

猫もトタトタと軽い足音を立ててついてくる。

そういえば、いつだったか流千から聞いたことがあった。

『呪われたときは、とにかく意識を保つのが大事』

まさかひっぱたくのが効果的だとは思わなかったわ……。

私は走って二人を追い越し、先回りして流千の部屋の扉を開ける。

「ここです」

中にはよくわからない模様が入った円鏡や銅の壺などが床の上に転がっていて、私は急いでそれらを端へ放って寝台への道を作る。

「はぁ……はぁ……」

仁蘭様に支えられながら寝台に横たわった流千は、息苦しそうに顔を顰めて襟元を寛げた。

意識はあるけれど、呼吸が荒く冷や汗がこめかみを滴っている。かなりつらそうだった。

私は急いで薬棚を開け、流千が作った呪符を取り出す。

「湯を沸かしてこれを溶いて、それに薬湯も飲ませないと！」

今はちゃんと体が動く。

大丈夫。流千から呪いの対処法は聞いているし、その通りにすれば助けることができる。

「流千、がんばって……！」

湯を沸かしてくるから待っていてと伝えると、弱々しい声で「うん」と返事が聞こえた。

流千は仁蘭様の存在が気になるようで、こんなときでも言い争いを続けている。

「もう帰ってくれませんか？　十分助かりましたので」

「おまえが眠らないよう見張っていてやろう」

「いり……ませんよ。どうせまた……ぶん殴る気でしょう？」

「わかっているならその目をこじ開けておくんだな。今度寝たら首を吹き飛ばすぞ」

「うわぁ、どっちにしても……死ぬ……」

流千が嫌がるのも無理はないけれど、今は仁蘭様がいてくれることがありがたかった。

「すぐに戻ります！」

私は二人を置いて厨房へ走り、大急ぎで湯を沸かした。

手を動かしながら、胸の中で「大丈夫」と何度も自分に言い聞かせる。

「にゃ？」

足元で猫の声がするも、そちらを見る余裕はなかった。

早く早くと竈の火を見ながら湯が沸くのを待っていると、仁蘭様が厨房へやってきた。

「流千は？」

「元気そうだ。俺がそばにいると気が休まらず死にそうだと言うから出てきた」

「すみません……」

緊急事態とはいえかなりの無礼な言いぐさである。

私は申し訳なさに視線を逸らす。

「火くらいなら俺が」

「え？」

仁蘭様が竈に向かって右手を翳せば、火が一気に大きくなる。

流千（ルーセン）がしていたのと同じ光景を見て、私は目を丸くする。

「俺にも一応は神力がある。流千（ルーセン）のように特別な術が使えるわけではないが」

「いえ……！　助かりました！　ありがとうございます！」

一刻も早く呪符を飲ませたい私は、仁蘭（ジンラン）様の右手を掴んで感謝を伝える。

そしてすぐに鍋の湯を器に入れ、呪符を溶かすために匙で懸命に混ぜた。

真っ白な紙でしかない呪符が湯に溶けると薄青色の液体へと変わる。

「これを冷まして飲ませれば……ってどうかしました？」

視線を感じて隣を見れば、仁蘭（ジンラン）様がじっと私の顔を見ていた。

もしや手順に問題でもあったのかと不安を抱く。

「私、何か間違えましたか⁉　ただ溶かすだけって聞いてたんですけれど」

「いや、間違っていない。あとは冷まして飲ませればいいと思う」

よかった、間違っていなかった。

私は大きな安堵の息を吐く。

「……あの男がそんなに大事か」

仁蘭（ジンラン）様は、私の手元にある茶器を見ながらそう言った。

何気なく呟いたといった感じで、私はきょとんとしてしまう。

「大事ですよ？」

この世でたった一人の弟なのだ。何としてでも助けたい。

「あっ、ありがとうございました！　あとは私が何とかしますから、仁蘭様は宮廷へお戻りください」

「本当に大丈夫なのか？」

「はい、大丈夫です。しっかり看病します。だからどうか仁蘭様も休んでください」

この方も万全とは言えない状態なのだ。

今だって普通に神力を使わせてしまったけれど、本当はそれもよくなかったはず。

流千のことは私がきちんと世話をするから大丈夫だと宣言する。

「あ、そうだ。ちゃんと薬を飲んでくださいね？」

私はそれだけ念を押すと、呪符を飲ませるために再び流千の寝所へと急ぐのだった。


見上げれば、ぽっかりと浮かぶ大きな満月。

夜だというのに、月明かりだけで庭を歩けるほど明るい。

流千に呪符を飲ませてしばらく経ち、その経過を見守っているうちに夜更けになっていた。

「重っ……」

私は八角形の井戸の前に立ち、水がたっぷり入った桶を縄で引き上げようとする。

呪符と薬湯を飲んだ流千は、呪いから解放されて眠っている。けれど、呪いに抵抗するためにたくさんの神力を使ってしまい、目に見えて衰弱していた。

眩暈に頭痛、耳鳴り、全身の筋肉の鈍痛を訴えていたときはまだマシで、夜が深まるほどにますます手が冷たくなっていった。

呪符を飲んだ後、流千は後宮内で呪われたと言っていた。

『怪しい小屋があったから入ってみようと思ってさ、扉を開けたら呪われてこのざまだよ。調べられたくないことのある誰かが、罠を張っていたんだろうね』

詳しい事情は後で聞くから、今はとにかく眠って回復を……と言った私に向かって流千はいつものように笑ってみせた。

『神力が回復したら元気になるから。心配しなくても平気！』

あれから二刻は経つが、容体がよくなっているようには見えない。

流千のように神力を宿している人間は、それが尽きると死に至る。私みたいに最初から神力を持たない人間でたとえるなら、血を流しすぎて死ぬようなものだと聞いた。

もしかして、私と流千が思っていたよりも呪いは強いものだったのでは……？

嫌な可能性が頭をよぎる。

「丹薬が本当にあればよかったのに」

父が騙されるきっかけとなった丹薬。万病に効くといわれる伝説の薬なら、今のような状況でも何とかなったかもしれないのに……。

どうしても薬が欲しい。店を訪れるお客さんたちの切実な思いを、こんな形で知ることになるなんて思わなかった。

厨房と寝所を何度も往復し、できることはすべてやってなお「まだ何かないか？」と焦りだけが募っていく。

これ以上は本人の体力と気力頼みとなるので、できることは何もない。

私は心配のあまり眠ることもできず、流千が起きたらすぐに食事が取れるようにと豆を煮たり水を汲んだりして朝を待つ。

水なんてもう水甕にいっぱいあって、私は井戸で何をしているんだろうかとふと我に返った。

あんなに弱っている弟を見るのは初めてで、姉として薬屋の娘として不甲斐なさを感じる。

「私が後宮に入るって言い出したせいでこんなことに……」

後宮がこんなに危険な場所だなんて知らなかった。

私が妃にならなければ、流千は今頃どこかの貴族のお抱え仙術士になって平穏に暮らせていたはずだ。

流千の苦しげな顔を思い出したら、自分が何もかも間違っていたのではと後悔が押し寄せた。

「私のせいだ」

流千は薬屋を継ぐつもりはなく、范家を守りたいというのは私の希望だった。病に苦しむ人のために、両親のために、私は范家を今のままで残したかった。

でも、大事な家族を失ってまで守る価値はあるのだろうか。

私は身の丈に合わない願いを叶えようとしたのではないか。

「あっ」

手が滑り、桶が落下してせっかく汲んだ水がばしゃんと地面に飛び散った。

たったこれだけのことなのに、何もかもがうまくいかないような気がしてきて、心の中が黒く濁り出す。

尚薬局から返事がこない時点で、無理にあがこうとせず諦めていれば……？

皇帝陛下に会えないという現実を受け止めて、召喚術なんて使わなければよかったのでは？

悔やんだところで後戻りはできないとわかっているのに、もっと別の道があったかもと嘆くのをやめられなかった。

「にゃあ」

しばらく俯いたままだった私の足首に、猫が顔を擦(こす)りつけてくる。

その青色の目は不安げに揺れているような気がした。

「目が覚めたの？　ごめんね、放っておいて」

この子は仁蘭(ジンラン)様が帰ってから流千(ルーセン)の寝所でずっと眠っていた。

目が覚めて、私のことを捜しに来てくれたらしい。

両手で持ち上げ抱き締めれば、伝わってくるぬくもりで心が少し和らぐ。

「――がんばらないと。私が流千(ルーセン)を助けないと、ね」

「にゃ？」

今も流千(ルーセン)は生きようとがんばっているのだ。

元気な私が、後悔して落ち込んでいる暇はない。

「呪いはすでになくなったんだから、あとは神力を回復させるだけ……何か方法はあるはずよ」

失った分の神力を取り戻せば、流千は助かる。

自然に回復する分に加え、どこかから神力を補充できればいいのだ。

猫は考え込む私を見上げ、不思議そうな顔をしている。

「神力を増やす……神力を増やす……あっ」

私は、流千の部屋に転がっていた道具たちのことを思い出す。

「水晶の首飾り！」

小ぶりの水晶玉が五つ並んだ首飾りは、流千が市場で薬と交換で手に入れてきたものだった。

どこかの部族が生み出した、生命力を神力に変換する首飾りである。あのときは「そんな恐ろしいものは捨ててきなさい」と流千を叱ったけれど、きっとまだ部屋に置いてあると思う。

「あれを使えば、私の生命力を神力に換えて流千を回復させられるんじゃない⁉」

「にゃあ？」

多分ちょっと寿命が縮むけれど、でも平気！

私は丈夫な方だし、元気だけが取り柄なんだし！

いける……と思った私は、井戸の石枠に手をついて勢いよく顔を上げ――――。

「何をしている！」

「えっ⁉」

仁蘭様の声がして、振り向く間もなく腰に腕が回されて無理やり捕えられた。

何⁉　どうしてこんなことに⁉

突然のことにびっくりして固まっていると、仁蘭(ジンラン)様は焦りを滲ませた声で叱りつけてきた。

「今度は身投げか!?　おまえは目を離すとすぐに何か起こす！」

「なっ……！　違いますよ、身投げなんてしません！　勘違いです！」

どうやら井戸に飛び込もうとしているように見えたらしい。

「私がそんなことするわけないじゃないですか！」

「信用がない」

「酷い！」

否定しても、仁蘭(ジンラン)様は険しい顔のままだ。

どうして私に対する評価はこんなに低いの……？

これまでのことを思い出せばそれも仕方ないかもしれないが、身投げはさすがにない。私は不満を口にする。

「私がいなくなったら弱っている流千(ルーセン)の面倒を誰が見るんですか!?　さすがにそんなにバカじゃないです！」

振り向きざまに怒った表情で文句を言えば、私の腰にあった腕はようやく離れていく。

けれど、まだ仁蘭(ジンラン)様の目は疑っていた。

「だいたい、猫連れで身投げする人なんています!?」

「みゃう」

仁蘭(ジンラン)様の視線が私の胸元に移動し、爪でしっかりしがみついている猫と目が合った。この場に猫がいることに今初めて気づいたらしい。

「……いたのか」

「はい」

仁蘭様はようやく自分の勘違いだったとわかったようで、気まずそうに黙り込む。

その顔を見て、もしや本気で心配してくれたのかと驚いた。

いつも冷静なこの方が必死に私を助けようとするなんて……まさか情が移ったとか？

「仁蘭様……？」

「で、おまえはここで何をしていた？」

その質問に私ははっと目を見開く。

そうだった、流千を助ける方法が見つかったんだった！

私は猫をしっかりと抱き直し、興奮気味に訴えた。

「思い出したんです！　流千の神力を回復させるまじない道具が部屋にあるかもって！」

「そうなのか⁉」

「はい。人の生命力を神力に換える首飾りがあって、私の生命力で……って何ですか⁉」

話の途中で、大きな手が私の肩をがっしりと摑む。

仁蘭様は苦しげに顔を歪めて言った。

「それだけはやめろ」

「どうして⁉」

「そんな怪しげなものを信用するな！」

「やってみないとわかりません！」

可能性があるならそれに賭けてみたい。私は必死だった。

けれど仁蘭(ジンラン)様は心の底から呆れているといった口調で呟く。

「何なんだおまえは……どうしてそう無謀なことを」

「無謀じゃありません、ちゃんと考えた結果です！」

「本当にやめてくれ……！」

私だって普通に看病して回復するならそっちを選んでいる。このままでは流千(ルーセン)が弱っていってしまうから、怪しげな首飾りにも縋(すが)りたいのだ。

仁蘭(ジンラン)様はぎりっと奥歯を噛み締めるようにしながらこちらを睨んでいたが、しばらくすると自分を落ち着かせるように大きく息をついた。

この方がこんなに感情を露(あら)わにするなんて、一体どうしたのかと不思議に思う。

「ほかに方法があれば、その首飾りは使わないんだな？」

苛立ちを含んだ低い声。

質問されているのに問いかけるつもりなどなく、私の答えが何にせよ、彼の中ではすでに私の好きにはさせないと決まっているみたいだ。

「ほかに方法って……そんなものがあるんですか？」

胸がどくんと大きく跳ねる。

仁蘭様は何か知っているのかと私は期待を込めて見つめた。

「必要なのは神力の回復だ。特別な呪符を使えば、人から人へ神力を渡すことができる」

「人から人へ？　そんなことが……？」

理屈としては、私が使おうと思っていた首飾りとほとんど同じだろう。むしろ生命力を神力に換えて与えるより、神力をそのまま与えられるのだから効率はよさそうだ。

「でも私は仙術を使えませんし、そんな呪符を作れもしません。……やはり首飾りしか」

「やめろと言っている」

即座に否定した仁蘭様は、じとりとした目で私を睨む。

しかしすぐに真剣な表情に変わり、まっすぐに私を見つめて言った。

「俺だ」

私は驚きで息を呑む。

「呪符はもらってきた。それを使えば俺の神力を流千に与えられる」

仁蘭様は私の肩からそっと手を離し、懐から一枚の紙を取り出す。

そこには朱墨汁で古い文字や虎の絵が描かれていて、仙人の修行場で百年以上生きていると言われる仙術士様の印が押してあった。

「さっきも言ったが俺にも多少は神力がある。全快とはいかずとも、流千が動けるくらいには回復させられるだろう」

「でも……そんなことをしたら仁蘭様が」

「弱るだろうな。だが死ぬわけじゃない」

仁蘭（ジンラン）様は躊躇いなくそう言った。

私の方が動揺しているし、恐れている。

初めて会ったとき、死体だと思い込むくらいに青白い顔で倒れていた仁蘭（ジンラン）様の姿を思い出してしまって震えが走った。

「あいつに何かあればおまえが使い物にならない。それでは職務に差し支える」

「それはそうですけど……」

一瞬納得しかけ、でも「いや、やっぱり理解できない！」とすぐ否定する。

私は小さく首を左右に振り、だめですと仁蘭（ジンラン）様を制止した。

「死なないとは言い切れませんよね？　だって仁蘭（ジンラン）様はお体が万全の状態ではありません。こんなこと、どちらを犠牲にするか選べと言われているようなものです……！」

私は誰も失いたくなかった。

流千（ルーセン）のことはもちろん大事だが、仁蘭（ジンラン）様にもしものことがあったらと思うと気が気じゃない。

他人にすべてを押しつけて、私はただ見ているだけというのは嫌だった。

「ご自分が何をおっしゃっているのか本当にわかっていますか？　仁蘭（ジンラン）様に私たちを助ける理由はないはずです。やめてください、そんな仁蘭（ジンラン）様らしくないことは」

「ほう、その『俺らしい』とは一体何だ？」

「…………」

言えなかった。

人を道具扱いする鬼みたいなところです、とは言えなかった。

私はすっと目を逸らし、俯きながら伝える。

「と、とにかく！　私は仁蘭様にも無事でいてほしいんです……！　流千が助かれば何でもいいとは思えないんですよ」

流千が助かるなら何でもする。その気持ちは嘘じゃない。

けれど仁蘭様にそんなことをさせたくなかった。

「俺が心配か？」

「は？」

心配に決まっている。当たり前のことをわざわざ聞かれて驚いた。

ぱっと顔を上げて見つめた先には、意地悪く笑う仁蘭様の顔がある。

「報告のための文でもしつこく俺を案じていたくらいだからな？」

「あれは！」

ここ数日、報告できるような新しい情報がなかったので仁蘭様の体調を伺うだけの文を出し続けていた。

仁蘭様から返事が来ることはなく、様子がわからないからさらに私は心配が募って文を書き……の繰り返しで、「しつこく」と言われて初めてやりすぎだったと気づいた。

これじゃあ一方的に世話を焼きたがっている人みたい……！

恥ずかしくて居たたまれなかったが、どうにか平静を装う。

「あなた様はご自身の健康に無頓着ですから。きちんと薬を飲んでおられるか気になったのです」

「ふぅん」

話しながら、私は仁蘭様の顔つきに変化を感じた。

目元の疲労感が少し減っている？　月明かりの下で見ても、全体的に以前より血色がよくなっていて青年らしい精彩を放っている。

もしかして、きちんと薬を飲んで休んだのだろうか？

信じられない思いでいっぱいだった。

私が『気づいた』ことに気づいた仁蘭様は、余裕たっぷりの笑みを浮かべる。

「おまえに押しつけられた薬のおかげで、前より体調はよくなっている。絶対に死なないと言い切れるくらいに」

「この世に絶対はありませんよ⁉」

「うるさい。おまえは黙って横にいればいい。そもそも俺のすることにおまえの許可などいらん」

こんなときでも鬼上司ぶりは健在だった。

何なの……？　私はこの人を信じてもいいの……？

傲慢なのか優しいのか、この方のことがよくわからない。

「仁蘭様に何かあれば美明さんだって……」

恋人がいるのに、私たち他人のためにそんな危険を冒していいの？

そんな混乱などお構いなしに、仁蘭（ジンラン）様は私の手を取って歩き出した。

扉を開けると、今まで私にくっついていた猫がぴょんと元気よく中へと入っていく。

猫は、まるで私たちを先導するように流千（ルーセン）の寝所へ向かう。

「本当に呪符を使うんですか？」

「あぁ」

流千（ルーセン）の部屋に入ると、仁蘭（ジンラン）様は私の手を離した。

もう私が何を言ってもこの方が考えを変えることはないのだろう。

寝台に眠る流千（ルーセン）は変わらず青白い顔をしていて、固く瞼を閉じている。一刻も早く苦しみから解放してあげたいと思うと同時に、神力を分け与えた仁蘭（ジンラン）様がどうなってしまうのか不安で胸が押し潰されそうだった。

「みゃあ」

足元にいた猫を再び抱き上げ、その柔らかい体を抱き締める。

「流千（ルーセン）の神力が回復して、仁蘭（ジンラン）様がご無事でいられるようにあなたも祈ってあげてね」

何気なくそう口にしたときだった。

「あっ」

抱いていた猫がするりと腕をすり抜け、床に下りる。そして仁蘭（ジンラン）様の脇をすり抜けたと思ったら、寝台の上に飛び乗った。

掛け布から出ていた流千（ルーセン）の腕の辺りにちょこんと座り、すんすんと匂いを嗅ぐ仕草を見せる。

「今はだめよ、こっちに……」

私が一歩寝台に近づくと、何を思ったか猫は流千の手首に勢いよくかぶりついた。

「ああっ！」

「っ⁉」

私はぎょっと目を見開き、慌てて猫を引き剝がそうとする。けれど猫と流千の周囲が白く光り、思わず目を細めた。

「何だ⁉」

「これって……」

光はすぐに収まり、何事もなかったかのような静けさが広がる。

「みゃあ」

猫はごきげんな様子で尻尾を振り、私を振り返った。その目はどこか誇らしげで「褒めて」と言っているみたいだ。

「流千！」

呆気に取られていると、流千の手がぴくりと動いたのが見えた。

私たちはすぐさま寝台に駆け寄り、流千の容体を確認する。

でも、その手や頰に触れるより先に呑気な声が聞こえてきた。

「え、猫？　采華が拾ってきたの？」

流千は仰向けに寝転んだまま、腹の上に飛び乗ってきた猫を見て、不思議そうな顔をしている。

血色のいい頬や唇は見違えるほどで、目も声もしっかりとしていた。

「みゃう」

褒められた猫は喉をごろごろ鳴らしている。

「かわいいね」

一体これはどういう状況なの？

混乱しながら私は尋ねた。

「流千、あなた……もう何ともないの？」

「あれ？　神力が回復してる。さっきまでずっと寒くて体が重かったのに……」

流千はがばっと上半身を起こし、どうして何ともないのだろうかと眉根を寄せて考え始めた。どうやら猫に噛みつかれたことは覚えていないらしい。

その手首には、噛みつかれた痕も見当たらなかった。

猫は寝台の上で丸くなり、大きなあくびをして目を閉じる。

「こんなことが……」

仁蘭様が驚きで声を漏らす。

信じられないけれど、この猫が流千の神力を回復してくれたというのは疑いようがない。

今の流千は、顔色もいいしすっかりいつも通りに見えた。

「さっきまでのつらさが嘘みたいに消えてる！　すごい、今なら召喚術を二、三回使えそう」

「絶対に使うなよ」

仁蘭（ジンラン）様に睨まれた流千（ルーセン）は、冗談ですよと言って明るく笑う。

本当にもう大丈夫なんだ……！　助かったんだ。

心の底から安堵したせいで力が抜けてしまい、私はその場にへたり込む。

「よかった……！　これで流千（ルーセン）も、仁蘭（ジンラン）様も死なずに済む……！」

奇跡だと思った。

薬屋の娘として育ってきて「祈るだけで命が救われることはない」と身に染みてわかっていた分、こんな風に思いがけない幸運が降ってきたのは震えるほど嬉しかった。

ただし、何が起きたかわかっていない弟はきょとんとしている。

「仁蘭（ジンラン）様も、ってどういうこと？　え、また死にかけたんですか？　お騒がせすぎません？」

「おまえがな！」

元気がいいのはいいことなのか？　二人の言い争いはしばらく続いていた。

私は寝台に顔を埋（うず）めた状態で、ぐったりしたまま動けない。

一気に疲労が押し寄せるのを感じていた。

もうだめだ、眠い。安心すると急に体が重く感じる。

「少し寝かせて……」

それだけ言って目を閉じた。

「床で寝る気か？」

仁蘭（ジンラン）様の声が聞こえてきたけれど、私にはもう答える力も残っていない。

しばらくすると何か温かい布が背中にかけられ、ほどよく重たいそれがさらに眠気を呼び、どんどん意識が遠のいていった。

「……可哀想……運んで……」

「おまえに言われ……そうする」

二人はまだ何か言い争っている。いい加減に静かにしてくれないかと思った私は、伸びてきた流千(ルーセン)の手らしきものを両腕でしっかりと抱き締めて「あなたも寝なさい」と言った。

いくら神力が回復したとはいえ、夜はきちんと寝た方がいいはず。

それから何度も「采華(サイカ)、采華(サイカ)」と流千(ルーセン)の呼びかけが続いていたもののその声は少し遠く、私は眠気に負けて朝までぐっすり休むのだった。

第五章　神獣様のお気に入り

一夜明け、流千は寝台に腰かけたまま大きな椀を抱えて緑豆のスープを頬張っていた。

顔色は病人のそれではないけれど、やや疲れが残っているようには見える。

「これまだある？」

「あるよ。たくさん作ったから大丈夫」

椀が空になる前からおかわりのことを気にする流千に、私はくすりと笑った。

神力が回復しても、その急激な変化は異常な空腹として体に影響を残しているらしい。

今ここには、春貴妃様の使用人が運んでくれた肉包や山菜の炒め物、蒸した蛇なども卓の上にずらりと並んでいる。

昨夜は本当に大変だった……。

しかも朝起きたら自分の寝台で眠っていて、流千によればあれから仁蘭様が私を運んでくれたという。

――采華が仁蘭様の腕を離さなくて面白かった。

てっきりあの腕は流千だと思っていたのに間違いだったのだ。

すぐに謝罪しなくてはと思ったときには仁蘭様は一度宮廷に戻ったところで、ついさっきここへ戻ってきたばかりだ。

出会い頭に頭を下げたら「おまえは本当に手がかかる」と嘆かれた。

今はまた流千の寝所に三人と一匹で集まり、お腹が空いたという流千が豪快に料理を平らげるのを見ている。

スープもしっかりおかわりをした流千は、桑の茶を飲み干してからようやく話を始めた。

「その子は猫じゃないね。多分、神獣の虎だよ」

「神獣の虎？　この子が？」

白銀色の毛並みといい丸い耳といい、ちょっと変わった猫だなと思っていたけれど……神の使いと言われるあの神獣？

膝の上にいる愛らしい子をじっと見つめると、おとなしく見つめ返してくれる。

普通の猫が流千を回復させられるわけがない。それはわかるが、いきなり神獣と言われても実感がなかった。

「仁蘭様も同じ見立てでしょうか？」

困った私は、斜め前に座っている仁蘭様を見た。

彼は少し悩んだ後で静かに答える。

「そうだろうな。もとより違和感はあったが、あの力を目の当たりにした後では猫より神獣だと言われた方が納得できる」

皆の視線を集めている神獣様は、ご機嫌な様子だった。

「私のために流千を助けてくれたの？」

「みゃ」

そうだよと言っているかのような返事だった。

「ありがとうございます」

もしかして水と食事を与えたお礼？　おつりが多すぎる気がするけれど、いいのだろうか？

戸惑いながらも、私は感謝の気持ちを込めてその背を撫でる。

「まさか神獣様が存在しているなんて……！　でも、言い伝えでは『神獣様は神々の力が宿る山や森で暮らしている』って言われていますよね？　どうしてこの子は後宮にいたんでしょう？」

人が住むところに神獣が現れたなんて、噂にも聞いたことがない。

しかもこの子に出会ったとき、可哀想なほどに痩せていて衰弱していた。

「もしかして、誰かに攫われてきたの？」

「みゃあ？　みぁあ、みぁう」

うん、なんて言っているかわからない。神獣様はこちらの話がわかっているみたいなのに、こちらは残念ながら神獣語が理解できなかった。

「飼い猫ならぬ飼い虎にでもするつもりで攫ったのかな？　あれ、後宮って生き物を飼っていいんでしたっけ？」

流千が首を傾げながらそう言った。

仁蘭（ジンラン）様は「禁止されてはいない」と答える。

「管理局に申請さえすれば基本的に許可は下りる」

「そうなんですか？　喜凰（きおう）妃様の宮には動物はいませんでしたが……」

「四妃の中では二人だな。豊賢（ほうけん）妃は三毛猫を、栄竜（えいりゅう）妃はタイヨウチョウを飼っている。その二人のほかにも、猫や犬、蛇を飼っている妃もいる」

専属の世話係を雇えるだけの財力があれば、自分の宮の中で飼う分には問題ないというのが管理局の見解だそうだ。

ただし神獣については別である。

「神獣を飼うなどもってのほかだ。人が手を出していい存在ではない」

仁蘭（ジンラン）様のおっしゃることはもっともだった。

この子を攫ってきた上に衰弱させるなんて……！

犯人への怒りが込み上げる。

「神獣といってもまだ子どもで、人間に抵抗する力はないのだろう。森から攫われてきて後宮へ連れてこられ、逃げ出したときに采華（サイカ）に拾われたのでは？」

「それなら、この子を連れて宮廷へ行ったときに武官に追われたのは……」

「逃げ出した神獣を捜していた、と考えるのが妥当だな」

この子を虐げたのはあいつか！　許せない！

私は思わず顔を顰めた。

「そういえば、ヤモリとか芋とか、それに薬草も……干してあったものが全部きれいになくなってるね？　もしかして神獣様が食べちゃった？」

流千は苦笑いだった。まさかあんなものを神獣が食べるとは、と呆れているみたいだ。

「お腹がいっぱいになって元気になったから、流千に神力を分けられたのかなぁ」

私の膝の上で丸くなっているこの子は、体の大きさの数倍もの食事を取っていた。今は満腹なのか、何にも興味を示さずただゴロゴロしている。

「かわいい……」

見ているだけで心が和んですべてを忘れそうになるけれど、流千の言葉で一気に現実に引き戻される。

「う〜ん、確かにかわいいんだけれど、神獣を攫ってきて愛玩動物として飼うっていうのは普通じゃないよね。僕を一瞬で回復させられるくらいの神力を宿していることを考えれば、もっと別のことに使うつもりで攫ってきたんじゃないかな？」

「別のことって」

「生け贄……とか？」

「っ‼」

おぞましい話に背筋がぞくりとする。

生け贄を捧げることで願いを叶える仙術があるのは知っているが、まさかこの子を犠牲にしようと？

恐ろしくなった私は、無意識のうちに神獣様をぎゅっと抱き締めた。

「采華（サイカ）が神獣を見つけたのは喜凰（きおう）妃の宮にある裏庭だったな」

「はい。でも、これまで一度も鳴き声なんて聞こえてきませんでした」

どれほど記憶を辿ってもあの宮で猫の気配を感じたことはない。抜け毛も見なかったし臭いもなく、いくら広いといってもこの子をずっと宮の中に閉じ込めていたならさすがにわかるはず……と私は首を傾げる。

「後宮内には妃の宮以外にも小屋や蔵が複数ある。護衛武官や宦官しか出入りできない建物もあるしな。檻に入れて、密かに飼うことはできると思う」

仁蘭（ジンラン）様は、すでにいくつか可能性のある場所が思い浮かんでいるみたいだった。

私が閉じ込められた蔵もそうだったように、しばらく使われていなさそうな古い建物はあちこちにあり、誰かがそこに神獣を閉じ込めていてもそうそう見つからない気がする。

「もしかして、神獣を攫ってきたのも僕に呪いの罠を仕掛けたのも同じ人物だったりして？」

閃（ひらめ）いたといった風に流千（ルーセン）が仁蘭（ジンラン）様を見る。

「やましいことがなければいくら僕に後宮内を探られても問題ないわけですし、罠が張ってあったってことはそれこそ『人に言えないことをやっています』と宣言しているようなもんじゃないですか？　今、神獣が見つかるなんてやっぱり禅楼（ゼンロウ）がすべての元凶なんですよ！」

私はそれを聞いて「ん？」と疑問に思った。

流千（ルーセン）は私と違い、後宮や宮廷で占いをして副業に励んでいただけなのでは……？　後宮内を探っていたの……？

しかも禅楼様って？

一体どういうことなのかと流千を見つめるけれど、流千の目は仁蘭様に向かっていて、私が問いかける前に話は進んでいく。

「よかったですね、仁蘭様。喜凰妃様の宮に踏み込む理由ができたんじゃないです？」

流千はにやりと笑って言った。

しかし仁蘭様はいつも通りそっけない。

「まだ弱い。証拠が必要だ」

「ええっ⁉　将来有望な仙術士の僕が殺されかけたんですよ⁉　国の損失です！」

自分が呪われたことが何よりの証拠だと訴える流千だったが、仁蘭様は「すでに解かれた呪いが証拠になるわけないだろう」と呆れた声音で答えた。

「禅楼が罠を張ったという物的証拠が出てこなければ、喜凰妃の宮に踏み込むことなどできない。しかも単に盗みを警戒していたと言われればそれで話は終わる。現時点ではおまえは呪われ損だ」

「うわっ、さすが後宮。人の命を何だと思ってるんだよ……！　死にかけたのに！」

拳を握り締め、悔しそうに卓を何度も叩く流千。ガタガタと食器が鳴り、仁蘭様は迷惑そうな顔をした。

二人のやりとりを聞いている間にも、どんどん疑念が膨らんでいく。

仁蘭様は後宮に直接手が出せないから、私を女官として潜入させたんじゃなかったの？

流千が呪われたのは後宮内を調べていたせいなの？

どうして私にそれを教えてくれなかったの？

神獣様を抱き締めながら、私は叫んだ。

「二人で何を企んでいたんですか⁉　呪われるような危ない仕事をしていたなんて、聞いてなかったんですけれど⁉」

突然怒り出した私を見て、流千が身振り手振りを交えながら慌てて弁解し始める。

「いや、別に企んでいたわけじゃないよ！　采華が女官をしている間に、僕は僕でお金を稼ごうかなって！」

「占いって言ってたじゃない！」

「それもやってたよ？　でも、こちらにいらっしゃる金づる様……じゃなかった資金力のある方にせっかく出会ったんだから、もっと稼げる仕事が欲しいなぁって思ってさ？　そんな難しい仕事じゃなくて、後宮のあちこちにある仙術士が作った呪符を調べていただけでね？　四妃様の宮の中でも喜凰妃様のところは特に強力な術で守られていたから、これは怪しいだろうって」

言うまでもないと思ったんだ……と流千は困ったように笑っていた。

仁蘭様は私の剣幕に少し驚いた様子でこちらを見ている。

流千の性格からすると、仁蘭様から一方的に命じられたわけではないと思う。それはわかる。

でも危険が伴うんだから、事前に話しておいてくれたらよかったのでは？

私が頼りないから話せなかったのか。そんな風に感じられて、自分が情けなくなる。

「私は何も知らずに……流千（ルーセン）を失いそうになって……」

「采華（サイカ）、落ち着いて」

二人に怒りをぶつけるのは間違っているとわかっている。だって、私が早く美明（ミメイ）さんの居場所を見つけられていれば、こんなことにならなかったのだから。だとしても、何も知らされなかったのは悲しかった。

「ごめん。すぐに終わらせるつもりだったから言わなくていいと思ったんだ。心配かけたくなかったし……説明するのが面倒だったし……ごめんね、采華（サイカ）」

「本音が漏れすぎなのよ」

私はじとりとした目で隣を睨む。

すると、流千（ルーセン）は左手を私の背中に当てて宥めてきた。

「これからはちゃんと話します。ごめんなさい」

「…………」

謝った。

召喚術を使ったときすら仁蘭（ジンラン）様に謝らなかった流千（ルーセン）が、私に二回も謝った。

本当に悪かったと思っているらしい。それに驚いていると、仁蘭（ジンラン）様がふいに立ち上がって流千（ルーセン）の手を叩いてさらにびっくりした。

「痛っ！」

「気安く触るな。品位を守れ」

「何でそんなに怒っているんですか？　今さらでしょうに」

「今からでも改めろ。采華（サイカ）は妃、おまえは仙術士だ。ここにいる以上、品位を保って正しい距離を心がけろ」

仁蘭（ジンラン）様は流千（ルーセン）をきつく睨み、相当にご立腹だった。

「品位、品位って……本当にそれだけですか？」

流千（ルーセン）がからかうように笑ってそう言った。あまりに気安い態度に、見ているこっちの方がハラハラする。

本当にそれだけも何も、紅（コウ）家はそういうことにこだわるお家柄なのだろう。庶民と貴族の常識は違うのだから。

仁蘭（ジンラン）様は何も答えなかった。相手にするのも馬鹿らしいと思っていそうだ。

そのとき、私の膝の上に座っていた神獣様が流千（ルーセン）の肩によじ登っていった。

「にゃっ」

「あら、流千（ルーセン）が気に入ったの？」

爪を立ててがんばっている姿が堪らなくかわいい。

流千（ルーセン）は登ってくる神獣様に左手を添え、毛並みを整えるようにして何度も撫でている。

「あなたのお名前は何ですか？」

「みゃう」

「神獣様はいつどこで誰に捕まったんですか？　犯人は禅楼（ゼンロウ）ですか？　どこかに証拠はありません

か？」

「にゃっ」

神獣様は足と尻尾をジタバタして、流千の手から逃れた。

この子に尋ねても答えが返ってくることはない……と呆れ交じりに笑ったとき、白銀色の尻尾が私の袖にちょんちょんと二度触れた。

そして素早い動きで廊下に出て、立ち止まるとこちらを振り返ってじっと見つめてくる。

「もしかして、ついてこいってこと？」

青色の目がそう訴えかけている気がした。

この子がただの猫ではなく神獣なら、本当にそう言っているのかもしれない。

私たちは立ち上がり、三人で神獣様の後をついていく。

「一体どこへ……？」

仁蘭様が呟くように言った。

神獣様はときおりこちらを振り返りながら、後宮の奥にある祈祷殿の近くまで私たちを導いた。

厳かな黒い建物は妃たちが病を患ったときに祈祷するための場所で、人の出入りはほとんどない。手入れは行き届いているものの、ひっそりと寂しい雰囲気だった。

案内されて辿り着いたのは、祈祷殿の裏側にある古い小屋。鬱蒼とした茂みに囲まれていて、幽霊でも出そうな不気味さだ。

「僕が呪いにかかった場所だ」

「ここが⁉」

確かにここは喜凰(きおう)妃様の宮からも近く、それでいて人がほとんど通らないから、何かするにはうってつけの場所だ。

それにしても、この小屋はちょっと狭すぎない？

いくらこの子が小さいとはいえ、これでは鳴き声が外に漏れて誰かに見つかりそうだ。

「本当にここ？」

「みゃあ」

つぶらな瞳は、ここで間違いないと訴えているように感じられた。

流千(ルーセン)は小屋に近づき、扉に手を翳して目を閉じる。

「もう何の仕掛けもなくなっている……。僕が呪いを受けたから効果が切れたんだろうね」

「つまり、中に入れるってこと？」

そう尋ねると、流千(ルーセン)は「あぁ」と言って頷いた。

扉は取っ手を横に動かすとあっさり開き、中は木箱や小さな樽、薪などが少し積んであるだけだった。動物が飼われていた形跡は一切なく、臭いもない。

「特に何もないけれど……？」

ここで神獣様を閉じ込めていたようには思えなかった。

ところが仁蘭(ジンラン)様が床を鞘でコンコンと二度突くと、やけに鈍く響いた気がした。

「下に何かある？」

目を丸くする私に対し、仁蘭（ジンラン）様は床を見つめたまま言った。

「違法なものを運んでいる者たちは床下にそれらを隠すのが常套（じょうとう）手段だ。地下は物が腐りにくく、見つかりにくい」

「なるほど」

扉はすんなり開いたのに、床にはよく見ると傷に見せかけて文字が彫ってある。

それを見た流千（ルーセン）はにやりと笑い、すぐさまその文字に右手の人差し指を這（は）わせて神力を流し込んだ。

床の一部が白く光ったと思ったら、カタッと小さく音がして地下へと続く入り口が現れる。

「階段？　地下室があるってこと？」

こんな古い小屋に仙術で仕掛けをしてわざわざ作ってあるなんて……。

驚く私を振り返り、流千（ルーセン）は言った。

「本来なら通行証になる呪符が必要だったのを、誰でも入れるように上書きしておいた」

「そんなことできるの⁉」

「それほど複雑な術じゃないよ」

平然と言ってのけるけれど、私みたいな普通の人間には考えられないことだった。

床下に現れた階段を覗き込めば、薄暗くて不気味に感じる。

「地下には何が……？」

こんなところでまともなことが行われているとは到底思えない。

「では、仁蘭様ちょっと中を見てきてください」

「おまえも行くに決まっているだろうが」

流千は面倒事の気配を感じ取り、仁蘭様に任せるつもりだった。

しかし仁蘭様がそれを許すはずはなく、流千の襟を掴み強引に地下へ繋がる階段に押し込もうとする。

「ありがたく働け」

「人使いが荒い！　病み上がりなんですけど⁉」

「あれだけ食べたらもう平気だろう」

私は当然一緒に行くつもりで神獣様を抱き上げる。

それなのに仁蘭様はこちらを振り向き言った。

「采華は戻れ」

「え……？」

その眼差しの強さに一瞬怯んでしまう。

調査するのに私は邪魔だと言いたいんだろうか？

でもこのままおとなしく従うのは嫌だった。

「私も行きます。何か手伝えることがあるかもしれま……」

「ない」

「即断ですか」

仁蘭様はきっぱり言い切る。

検討の余地もないといった様子に、私は自分がそんなに役立たずなのかと肩を落とした。

「ここに美明さんがいるかもしれないじゃないですか？　これも仕事の一環だと思うんですけれど」

「おまえに何をさせるかは俺が決める。ここには入らなくていい」

「それを言われると……」

確かに、雇い主は仁蘭様だ。決定権は彼にある。

だとしても私はすぐに引き下がれなかった。

「心配なんですよ、二人が」

「……」

せめて一緒にいさせてほしい。

昨夜みたいに、自分の知らないところで二人が恐ろしい目に遭うかも……と思うと不安だった。

仁蘭様は私の気持ちを感じ取ってくれたのか、少し困った風に眉を顰める。

「采華のことが心配なんですよね、仁蘭様は」

「は？」

流千はうんうんと大げさに頷いて「わかりますよ」と一人で納得している。

「僕より采華の方が大事なんですよね？　僕には一緒に来いと言うのに采華には戻れって……それはちょっと悲しいんですけど、でもまぁ僕だって仁蘭様より采華の方が大事なんでお気持ちはわかります」

「……」

「そう、心配なのはわかるんですけれど！　でも今ここで采華を一人帰して、もしもそれを誰かに見られたら余計に危ないいんじゃないかなって。一緒にいた方が守れると思います」

だから皆で行きましょう、と流千は提案した。

仁蘭様は険しい顔をする。その目からは迷いが感じられた。

普段の仁蘭様だったら「心配なんてしていない」と否定しそうなものなのに、今日は何も言わないんだ。私が邪魔だから戻れって言っているんじゃなくて、本当に心配してくれているの……？

そういえば、昨夜も私が身投げしようとしていると勘違いして焦っていたような？

急に胸がそわそわし始めて、心配されて嬉しいと思ってしまっている自分に気がつく。

「采華」

「は、はい？」

急に話しかけられて、私はびくりと肩を揺らす。

仁蘭様はじっと私を見下ろし、神獣様のことを一瞥した後で言った。

「くれぐれも無茶はするな。俺が逃げろと言ったら神獣を連れてすぐに宮へ戻ると約束しろ」

「はい！　わかりました！」

「みゃっ」

私は背筋を正して返事をする。

本当に大丈夫なのかと疑いの目を向けていた仁蘭様だったけれど、今は先を急ごうと決めたらしく、すぐに踵を返して地下へと向かった。

流千（ルーセン）、仁蘭（ジンラン）様、私の順番で階段を下りていくと、石造りの壁には等間隔で灯籠が取りつけてあり、埃や砂はさほど落ちていない。

人の出入りがあるのが感じられる。

下へ行くほどだんだんと冷気と生臭さが漂ってきて、鳴き声こそ聞こえないものの何か動物を飼っているような雰囲気があった。

私は右腕に神獣様を抱き、左手の袖で鼻を覆いながら一歩ずつ下りていく。

「ここって最近造られたものではないですよね……？」

小さめの声で仁蘭（ジンラン）様の背中に尋ねる。

彼は前を向いたまま、声量を抑えて答えた。

「昔のものだろうな。戦で王都が落ちたときに備え、地下通路や避難場所を造っていたという話は聞いたことがある。宮廷だけでなく後宮にもあったとは思わなかったが」

「皇帝陛下は、この地下の存在をご存じなのでしょうか？」

「いや、おそらく何代も前の遺産だ。ご存じならば、美明（ミメイ）が行方知れずになった際にまずここを探せと命じられたはず」

「そうですね……」

ここなら神獣どころか、隠したいものは何だって隠せる。

一歩一歩進むにつれて、緊張感が高まっていく。

階段を一番下まで下りると、そこには石造りの廊下や扉が見えた。想像していたよりもずっと広く、ここで暮らせるのではと思うくらいだった。

耳を澄ませば、かすかに水が流れる音が聞こえてくる。

誰かに出くわさないか警戒しながら廊下を歩き始めたとき、流千が石の壁に手で触れて言った。

「かなり頑丈に造られていますね。これなら王都が落ちても本当に助かりそうだ。――兵部を率いる孫大臣ならここの存在を知っているのでは？」

兵部は、有事の際には宮廷を守る役目を負っている。皇帝陛下が代替わりしても、そこには情報が残っていてもおかしくない。そしてそれを、皇帝陛下をよく思わない孫大臣が秘匿することも十分に考えられた。

喜凰妃様に会いに来た孫大臣は、娘に強く出られない父親といった雰囲気だったけれど……。

「孫大臣ならやりかねない。尚書省の役人たちでも後宮には強引に踏み込めないとわかった上で、ここに都合の悪いものを隠していると考えるのが当然だろうな」

仁蘭様は少し悔しげな声でそう言った。

何年も欺かれていたとあれば、皇帝陛下の側近として許せない事態である。

「喜凰妃様もこのことをご存じなのでしょうか？」

父親の悪事についてどこまで把握しているのか？

四妃をまとめようとする喜凰妃様のひたむきなお姿を思い出して胸が痛んだ。

「父親が何をしているか知らずとも、ここの存在を認識していて黙っていれば、それは皇帝陛下への背信行為にあたる。何らかの処罰は免れない」

「……」

「とはいえ、すべてはこれからここを調べてからだ。俺たちはここが何に使われているのか調べなければ」

私は無言で頷く。

仁蘭様は小窓のついていた扉を見つけ、それを少し覗いてから流千に仙術で鍵を開けさせた。

中へ入ると水を張った巨大な平たい桶があり、中には無数の亀がおとなしく入れられているのが見えた。その光景から「臭いの原因はここだったのか」と察する。

「首に黄色い線ってことはクサガメかな。地下で陽に当たっていないだろうに、状態は悪くない。ここでずっと飼育されているっていうわけじゃなさそうだ」

「どこかから連れてこられたってこと？」

「うん、王都でも亀は気軽に仕入れられるからね」

流千は桶に近づき、躊躇いなく亀の甲羅を掴んで持ち上げる。

私も流千の隣に並び、亀をじっと見つめる。薬屋でも素材として亀を仕入れるけれど、生きている状態で見ることはほとんどなかった。

物珍しさから、流千が持ち上げている亀の甲羅を人差し指でつんと突いてみる。神獣様も興味津々といった様子で亀を見ていた。

「神獣様がいたのはこの部屋ではなさそうね。でも、この亀たちはなぜこんなに……？」

「仙術の贄として使うんじゃないかな？　亀は昔から贄の定番だし。それに食用としても体にいいしね」

「うちの店でも薬の材料にしていたものね。腹甲を薬にするのか、それとも調理して味わうのか……」

「うん、僕が持って帰りたいくらいだよ」

私たちが亀に気を取られている間に、仁蘭様は隣の部屋と向かい側の部屋も調べていた。鍵はかかっておらず、がらんとした空き部屋だったらしい。

私も廊下に出て、ほかに入れそうな部屋はないかときょろきょろと辺りを見回す。

曲がり角の前の扉に目を向け、小窓から中を覗こうとしたところで後ろから腕を摑まれてぐいっと引っ張られた。

「ひゃっ」

「おまえはじっとしていろ」

仁蘭様が困り顔でそう言った。

今はまだ危ないことは何一つ起きていないのに、心配そうにする仁蘭様の態度に戸惑う。

どうしてそこまで……？

不思議に思い、彼の顔をまじまじと見つめてしまった。

「何だ？」

じっくり見すぎて、仁蘭様が不機嫌そうに尋ねてくる。

私は気まずさから目を逸らし逃げようとしたが、腕を掴まれていて逃げられない。

「仁蘭様、放してください……！」

鼓動が速くなり、落ち着かない。

仁蘭様の手が気になって仕方がなくて、でも動揺を悟られたくなくて苦笑いでごまかした。

「こんな風にしなくても大丈夫ですって」

「おまえは危なっかしい。ここでは不用意に部屋を覗かない、物に触れないと約束しろ。歩くときは俺か流千のそばに張りついて離れるな」

「私が一体何をすると思っているんですか⁉」

目を離したら問題を起こす危険人物と思われているの⁉

仁蘭様は鋭い目で私を見つめ続けていて、これは「はい」と言うまで本気で放さないつもりだと理解した。

「わかりました、約束します」

自分の信用のなさに悲しくなり、やや投げやりに返事をする。

私が本当に危ないことをしたのは神獣様を抱えて飛び降りたときくらいで、あとは井戸に身投げしようとしたというのも仁蘭様の勘違いだったし、生命力を神力に換える首飾りを使おうとしたのもほかに方法がなかったから……で、しかも結局は使っていないのに。

仁蘭様の手は離れていったものの、まだ疑っていそうな顔をしていた。

ここまで信頼されていないとは。自分で自分に呆れて無言になる。

「……怒っているのか？」

「え？」

まさかそんなことを聞かれるとは思わなかった。

仁蘭（ジンラン）様は私の顔を見つめながら、こちらの顔色を窺っているように見える。

私は少し驚き、目を瞬かせる。

「怒ってなんていません」

「本当に？」

「はい」

私はただの部下なのだ。機嫌を伺う必要なんてないはずで。

実は心配性なの？　そういえば、流千（ルーセン）のことも自分の神力を分け与えてまで助けようとしてくれたし、地下へ入るときも私には来るなと言っていたし……本当は繊細な人なのかもしれない。

だとしたら悪いことをしたなと思い始める。

「あの、すみませんでした。ご心配をおかけして」

私は気まずい空気の中、おずおずと口にする。

「………」

「重ね重ね本当に申し訳ありません」

「違う、謝ってほしいわけじゃない」

仁蘭（ジンラン）様はますます困った風に眉根を寄せる。

「俺はただおまえが気になって、勝手にどこかへ行かないようにと……今度はおまえが呪われたり、苦しんだりするのは困ると思った。……なぜだ？」

「私に聞かれても」

一体どうしたんだろう。

仁蘭様は自分でもおかしなことを言っているとわかっていて、最後は首を傾げていた。

「あんまり見ないでください……」

答えを探すかのように、仁蘭様はじっと私を見つめてくる。

私はどうしていいかわからなくなり、すっと目を逸らした。

こんな風に見つめられると胸が詰まって、心臓がどきどきと速く鳴り始めて落ち着かないからやめてほしい。

「先へ急ぎましょう。ここは広そうですし！」

話題を変えたくて、早口でそう告げる。

「そうだな。だが、この広さを三人で調べるのは効率が悪い。もっと明かりも必要だ。一度宮廷に戻り、部下を呼んで俺が調べることにする」

仁蘭様の言うことはもっともだった。このまま先へ進んだとして今日中にすべては調べられないだろうし、もしもここを使っている誰かに遭遇したら私と神獣様は足手まといになる可能性が高い。

「それに神獣の保護を優先したい」

「保護ですか……？」

「ああ。俺たちがここを見つけたと仙術士に気取られないように、采華（サイカ）にはこれまで通り女官として喜凰（きおう）妃の宮に戻ってもらわなければ。神獣がいたのではそれもままならないから、皇帝陛下にこのことを報告し、迎えの女官を宮へ寄こそうと思う」

「みゃううう」

　これまで私の胸にぴたりとくっつきおとなしくしていた神獣様が「嫌だ」と言っているみたいに声を上げた。

　もしかして、仁蘭（ジンラン）様が迎えを寄こすと言ったのを理解して拒否している？

　これには仁蘭（ジンラン）様も少し困った様子で眉根を寄せた。

　私は神獣様を宥めようと、その背を繰り返し撫でる。

「ごめんね？　私はもうすぐ喜凰（きおう）妃様の宮へ行かなければならないの。何も言わずに休んだら怪しまれちゃうから」

「にゃあ……」

　まるで「仕方がない」と言っているように、しゅんとおとなしくなる神獣様。私はそれを見て、もうひと撫でする。

「とにかく、ここを出よう」

　仁蘭（ジンラン）様がくるりと背を向け、赤い髪がさらりとなびいた。

　流千（ルーセン）と合流し、私たちは再び階段を上ってひとまず宮へ戻ることに。

「奥の部屋で、亀とイモリと鹿の角みたいなものが転がっているのを見つけました。もう少し調べたかったけれど、あまり長居するのは危険ですね。神力が回復したとはいえ僕はまだ本調子じゃないし、誰かに見つかったら仁蘭（ジンラン）様を盾にしなきゃいけなくなりますから」

流千（ルーセン）はあははと笑いながらとんでもないことを口にする。

仁蘭（ジンラン）様は、いちいち反応するのが面倒なのかどうでもいいという風に聞き流していた。

「ねぇ、何を持ってきたの？」

流千（ルーセン）は茶色い麻の袋を持っていて、ときおりその中身がもぞもぞと動いていることに気づく。まさか……と思ったら案の定、亀を持ってきていた。

「お腹空かない？」

食べる気だった。

「さっきあんなに食べたのに⁉」

「あれとは別腹っていうか、栄養のあるものを食べて早く本領発揮できるようになった方がいいと思うんだよね。だからお願い！」

これで私に食事を作れということ？

さすがに亀を捌（さば）いたことはない。しかし流千（ルーセン）は「下ごしらえは自分でするから」と言って、すでに持ち帰ることを決めていた。

「いつの間に」

仁蘭（ジンラン）様は呆れていたが、返してこいとは言わなかった。流千（ルーセン）の自由さを咎めるのは、もう諦めたらしい。

私もとっくの昔に諦めているので気持ちはよくわかる。

地上に戻るとすでに周囲は明るくなっていて、私は神獣様を流千に預け、急いで喜凰妃様の宮へと向かった。

いつもより少し遅れているけれど、喜凰妃様は毎朝浴場で肌のお手入れをしてからゆっくりと朝餉を取るので、その後の朝の挨拶までに宮に戻れば私の不在が知られることはない。

「裏から回ろう」

私がいつも文の代筆を行っている部屋は裏口に近く、そこから入っていかにも早朝から仕事をしていましたという顔で出ていけばごまかせるはず。

靴音がなるべく鳴らないように気をつけながら石畳の上をそっと走り抜け、人目を盗んで裏口へと向かう。幸いにも水汲みの宮女たちが裏口から出ていくのが見え、私は入れ違いに中へと入ることができた。

あともう少し……！

朝餉の粥や煮物の香りが漂う中、廊下を小走りで移動していたら偶然にも薄絹の傘を運んでいる慈南さんと出くわしてしまう。

「お、おはようございます！」

不自然な大声で挨拶をする私。慈南さんはちょっと驚いて目を丸くしていたけれど、すぐに目を逸らして「おはよう」と小さな声で言うと私の脇を通り過ぎていった。

そっけない態度がこんなにもありがたいとは……！

遅れて来たことがバレなくてよかったと安堵する。

「地下の存在は……女官だって知らないよね？」

あんな怪しげな場所を見つけてしまっては、疑心暗鬼になる。

振り返ってみれば、すでに慈南さんはいない。いつも通りの朝だ。

立ち止まっていた私は再び歩き出し、急いで部屋へと向かうのだった。


大鍋の中でグツグツと音を立てて煮込まれる亀。

あり合わせの薬物も入れて和えるとそれらしい煮込み料理が出来上がった。

地下空間を見つけてから二日連続で私は亀料理を作っている。

「わぁ！　すっごくおいしそう！」

「にゃう」

流千は椀に料理を取り、勢いよくそれを口に運ぶ。

神獣様も地下で見つけた亀やヤモリをおいしそうに食べていて、こちらも食欲旺盛だった。

見た目は猫だけれど、猫以上に何でも食べるらしい。

最初は「本当にこんなものを食べさせていいのだろうか？」と思っていたが、白銀色の毛並みはどんどん艶が出て元気そうなので「こんなに食べたがっているんだし、まぁいいか」と深く考えないことにした。

「おいしい？」

「みゃ」

私の問いかけに、短い答えが返ってきた。本当に私の言葉がわかるんだ、と思うと嬉しくなる。

流千と神獣様が料理を味わっているのを眺めながら、私は地下で見た光景を思い出す。

石造りの廊下が続くあの空間は殺風景で、得体の知れない不気味さがあった。

仁蘭様が部下たちと調べると言っていたが、一体何が出てくるんだろう。

もしかすると、あそこに美明さんも……？

仁蘭様もきっとその可能性を考えているはず。

美明さんが行方不明になってすでに四カ月以上、陽の光の届かないあんな場所に閉じ込められているとすれば一刻も早く救出してあげてほしい。

あれから仁蘭様の姿は見ていない。

きっと地下を調べに行っているんだろう。

黙り込む私に気づいた流千が、食べる手を止めて声をかけてくる。

「美明さん、見つかるといいね」

私が何を考えているのかわかったらしい。

その言葉に私は少しだけ笑って頷く。

「ええ、無事に見つかってほしい」

「そうなったら僕らの役目もおしまいだね～。范家も潰れずに済んで、采華も後宮から出られるんじゃないかな。思ったより早く店に戻れそうだ」

「そう、ね」

流千が口にした未来は、すべて私の望んだ通りのものだった。後宮の下級妃としてではなく、街へ戻って薬屋の范采華として暮らせるこれまで通りの生活。

何の不満もないはずなのに、なぜかしっくりこなかった。

「采華？」

「あ、うん。何でもない」

どうして心の底から喜べないのだろう？

私はここでの暮らしを気に入っているわけではないし、人の命の軽いこんなところはおかしな世界だと思う。ずっとここにいるなんて考えられない。

それなのに、どうして釈然としない気持ちになるのか？

まるで心残りでもあるみたいな……何がひっかかっているの？

目を閉じて首を傾けながら、自分自身の心に問いかける。

そのとき、宮の門の方から誰かの声がした。

——せんか？

「ん？」

「あれ？　誰か来た？」

気のせいかと思ったけれど、流千も私と同じように顔を上げてそう言った。

神獣様も椀から頭を上げて反応していて、本当に人が訪ねてきたようだ。

こんな寂れた宮に何の用だろう？

春貴妃様の宮の人たちが食事を運んでくれるときは姿は見せずに籠を扉の前に置いていくので、声をかけられたことは一度もない。

流千と私は目を見合わせ、二人揃って扉の方へと向かう。

神獣様は私の後ろからトコトコとついてくる。

玄関にやってくると、扉の向こうから今度ははっきりと声が聞こえた。

「范采華殿、朱流千殿はいらっしゃいませんか？　仁蘭様の使いで来ました」

その声は少し掠れていて、男性とも女性とも思える声だった。聞き覚えはなく、私の知っている人物ではない。

そういえば、仁蘭様が神獣様の保護をしたいから人を寄こすと言っていたような？

どうやらその人がやってきたらしい。

私が扉に近づくより先に、流千が返事をしながら扉に手をかける。

「はい、今開けます」

建てつけの悪い引き戸がガタガタッと軋んで開く。

そこに立っていたのは、濃茶色の髪を後ろで一つにまとめた背の高い女性だった。

おそらく二十代前半で、私が着ている女官服と似た装束は美しい青紫色。春貴妃様に仕えている女官だと思われる。

抜けるような白い肌に黒い瞳の楚々とした美人で、その神秘的な雰囲気につい見惚れてしまった。

彼女は、出てきた流千と私を見ると温和な笑みを浮かべる。

「あぁ、よかった。ここで間違いなかったようですね」

思わずといった風に出た言葉。おそらく仁蘭様から聞いていたよりずっと古くて寂れた宮に驚いたのだろう。確かに私も最初は「こんなところに住むの？」と思ったから、この方が「本当にここなのだろうか？」と疑う気持ちはよくわかる。

「私は馬史亜と申します。仁蘭様の命令でお二人のもとへ参りました」

胸の前で合掌する姿は、その一挙一動が美しく完璧だった。

女官とはいっても、かなり身分が高い人なのだろう。

流千はいつもの人たらしの笑みを浮かべ、女官の方を中へ招き入れた。

「こちらは確かに范采華妃の宮です。私は仙術士の朱流千でございます。ようこそおいでくださいました」

「ありがとうございます」

にこりと笑った史亜様は、優雅な所作で扉をくぐる。

そして私と目が合うと嬉しそうに目を細め、さっきと同じように恭しく合掌し、もう一度名を名乗って挨拶をしてくれた。

その丁寧な対応に驚き、私は恐縮しながら挨拶を返す。

下級妃とはいえ、貴族でもない私にこんな風にしてくれる人がいるなんて意外だった。

「どうぞ、こちらへ」

この宮に高貴な方を迎えられるような特別な部屋はなく、流千(ルーセン)の部屋は食べかけの食事が卓を埋めている状態で、私の部屋にお通しするしかなかった。

急いで桑の茶を淹れ、三人で円卓を囲む。

「おもてなしできるようなものがなく、すみません」

高貴な方々は多くが青茶や花茶を好み、安価な桑の茶を出すのは失礼かも……と肩を竦める。

「いいえ、突然来たのはこちらの方ですからお気になさらず」

史亜(シア)様は躊躇いなくお茶を口にして、「おいしいです」と言ってくれた。

自分で出したお茶なのに、あまりにあっさり飲んでくれたので拍子抜けしてしまった。

「あの、よろしいのですか？　このような場所で出されたものを口にしても」

流千(ルーセン)が不思議そうに尋ねる。

出したのはこちらだけれど、仁蘭(ジンラン)様なら初対面の人間が淹れた茶は絶対に飲まないだろう。

史亜(シア)様はにこやかに答えた。

「構いません。仁蘭(ジンラン)様が信用なさっている方の宮ですから、おかしなものが出てくることはないと信じています」

「え？」

一体どんな風に私たちのことを聞いているのだろうか。仁蘭(ジンラン)様から信用されている、とは？

驚きを隠しきれない私たちの顔を見て、史亜(シア)様はくすくすと笑った。

「仁蘭(ジンラン)様はわかりにくいですよね？　でもお二人のことは確かに信用なさっていますよ」

「そ、そうですか?」

「はい。誰かを気にかけることなどめったにないあの方がお二人の話はよく聞かせてくれますし、そのときの仁蘭様はいつもと違って感情が豊かで面白いのです」

あの仁蘭様のことを面白いと言えるなんて、史亜様は随分と変わったお方なんだなと思った。

近頃は意外な一面もあるのだと見えてきたものの、仁蘭様といえば『鋭い視線』や『厳しい口調』がまず思い浮かぶ。

「采華殿からもらった薬はきちんと飲んでいましたし、信頼しているのだなと私は思いました」

「飲んでいたんですか⁉　本当に?」

本人から飲んだとは聞いていたけれど、第三者から聞くとより驚きが増す。

いや、疑っていたわけでは……うん、疑わしいなとは思っていたのよね……。

仁蘭様が私の渡した薬を飲んでいた。その事実が嬉しかった。

喜ぶ私を見て、史亜様は微笑ましそうな目をこちらに向ける。

「彼はあのように見えて優しいところもあります。これからもどうか支えてあげてください」

「は、はい」

まるで保護者からのお願いみたいだなと思った。

史亜様は仁蘭様ととても親しい間柄のようで、その口ぶりからは親しみや慈しみといった温かさが伝わってくる。

この二人はどういう関係なんだろう?

胸の内で疑問が生まれる。紅(コウ)家の子息とただの関係者……といった感じではなさそうだ。

仁蘭(ジンラン)様が本当は優しいことを知っているのは私だけじゃないなんて、それがどうしてか寂しく思えていた。

「史亜(シア)様は仁蘭(ジンラン)様をよくご存じなんですか？　特別なご関係で？」

私の気持ちを知ってか知らでか、流千(ルーセン)が遠慮のない質問をする。

「ええ、昔なじみです。特別な関係というと誤解を生みそうですが……そうですね、五年前に宮廷勤めを始めてからはよい関係を築いてきました」

流千(ルーセン)は意外だという風に「へぇ」と声を漏らし、なおも質問を続ける。

「昔なじみですか。仁蘭(ジンラン)様にそんな方がいらっしゃったとは意外です。人間関係が希薄そうだなって思っていたので」

「ふふっ、流千(ルーセン)殿ははっきりと物をおっしゃる」

「すみません、こういう性分なもので。あぁ、昔なじみということは丹美明(タンミメイ)さんのこともご存じですか？」

「はい、彼女は……友人です。長く共に過ごしてきました」

「そうでしたか」

美明(ミメイ)さんのことが話題に上がったことで、史亜(シア)様は纏う空気が変わり視線を落とした。

口元は笑みを浮かべているもののその瞳は寂しげで、苦しい胸の内を察する。

友人がある日突然にいなくなったのだから、さぞ心配だろう。

「あなた方が美明の行方を捜してくださっているというのは、仁蘭様から聞きました。美明のために、ありがとうございます」

「いえ、そんな！　お礼を言われるようなことは……」

見つかった手がかりは茉莉繍球と怪しげな地下の存在であって、今のところ美明さんの現状はわかっていない。

一歩ずつ進んでいっているような気はするものの、こうして改まってお礼を言われると胸を張ってそれを受け取れない自分がいた。

でも史亜様は私を見つめて優しく微笑んでくれる。

「私は采華殿のように喜凰妃様の宮へ入ることは叶いません。ただ待つだけの日々がとてももどかしくて仕方がありませんでした。だからこそお二人の協力が嬉しかったのです。それに、危険な目に遭っても役目を続けてくださって……本当に感謝しています」

「史亜様……」

私たちへの感謝の気持ちを伝える様子からは、史亜様がどれほど美明さんを大切に思っているかが伝わってきた。

「本当に大切な方なんですね」

これほど思われている美明さんはきっと素敵な人なんだろう。

「はい。とても大切な友人です」

「そうですか……」

史亜様にも仁蘭様にも、どうしても捜し出したいと切望されるほどの女性。一体どんな方なのかと興味を抱く。

「美明さんはどのような方なのでしょう？　よければお話を伺えませんか？」

仁蘭様からは、美明さんは責任感の強い性格だから失踪なんてしないということしか聞いていなかった。

大切な人がいなくなってしまったというときにその人のことを口にするのは躊躇われたが、史亜様は快く話してくれそうな気がした。

思った通り、史亜様は懐かしそうな目をして話し始める。

「美明はそうですね……はっきりと物を言う、気の強い女性です。しっかり者で、私と仁蘭様はよく美明に小言をもらっていました。とても愛情深くて、私が悩んでいるとそれに気づいて話を聞いてくれる頼もしい存在です。あぁ、己の職務に忠実なところは仁蘭様とよく似ています」

「仁蘭様と？」

「ええ、二人とも真面目すぎるくらいで。もう少し自分を大事にしてほしいと私はずっと思っていました」

困った風に笑う史亜様だったが、その笑顔は親愛の情を感じさせた。

三人の間には深い絆があるのだとこの短い会話からでもわかる。

「自分を大事に……それは、よくわかります。心配ですよね」

仁蘭様の様子を思い出し、私はつい深く頷いてしまう。

そんな私を見て、史亜様はやや前のめりで尋ねた。

「そうなんですか？　それはつまりあなたも仁蘭様のことを思いやってくれていると？」

「え？」

なぜ史亜様は嬉しそうなんだろう？

思いやっていると言われるとそうなのかもしれないけれど、なぜか「はい」と即答できなかった。

ここで私が認めてしまえば、まるで仁蘭様に好意を抱いているみたいに思われるのでは？

一瞬そんなことが頭をよぎる。

「みゃあ」

そのとき、足元から小さな声が聞こえてきた。

私の後ろに隠れるようにして丸くなっていた神獣様が、ぴょんと膝に飛び乗ってくる。

返答に困る私の不自然な様子が気になって、飛びついてきたかのようだった。

「あっ、神獣様。史亜様ですよ」

「みゃっ」

両脇の下に手を入れて抱きかかえようとする私に対し、神獣様は私の袖に爪をひっかけて離れようとしなかった。

史亜様はじっくりと神獣様を見つめ、感心した様子で「こちらが神獣様……」と呟いた。

そうだ。史亜様は神獣様を迎えに来たのだった。

ここでようやく本来の目的を思い出す。

「神獣様？」

私の胸に顔を埋めたまま振り返ろうとしない神獣様は、必死で抵抗しているように見える。

でも史亜（シア）様は嫌な顔一つせず、それどころか胸に手を当てて感嘆の息を漏らした。

「あぁ、まさか神獣様をこの目で見ることができるとは思いもしませんでした。今日まで生きてきてこれほど胸が高鳴ったことはございません……！　攫ってきた愚か者共のことは断じて許せませんが、お会いできたことには心から感謝をいたします」

思いを述べている間は終始笑顔だったが、攫った人たちに対する強い憤りはしっかりと伝わってきた。一瞬、目の奥が憎しみで険しくなったのを見て背筋が凍るような心地だった。

もしや、ただの女官じゃない……？

「神獣様？　ちょっとだけ、ちょっとだけお顔を上げてくれませんか？」

「…………」

私がどうにかご機嫌を取ろうと声をかけるも、神獣様は相変わらずしがみついたままで史亜（シア）様の方を見ようとせず、申し訳ない気持ちになった。

「すみません」

「いいえ、いきなり訪れた人間に驚いているのでしょう。私も無理にとは申しません、また日を改めますので、どうか神獣様のお気の向くままに」

「史亜（シア）様」

自分に懐こうとしない神獣様を見ても、史亜（シア）様は気分を害した様子はなく笑顔のままだった。

何てお優しい方なんだろう……！

仁蘭様が神獣様を預けようと考えたのも頷ける。

神獣様はときおり盗み見るように振り向き、史亜様のことが気になっているそぶりも見せた。

愛おしげに目を細めた史亜様は、しばらく神獣様を見つめた後でふと尋ねる。

「そういえば、神獣様は何を召し上がるのですか？　こちらでどのようにお過ごしなのか、とても興味があります」

好奇心に溢れた瞳は、神獣様に対する憧れを感じさせた。

私にとっては『ちょっと変わったかわいらしい猫』でも、史亜様にとったら崇拝の方が強いのかもしれない。この先、神獣様が史亜様に懐いて引き取られたとしてもきっとよくしてくれる……そんな気がした。

「何でも召し上がりますよ。干したヤモリや粥、それにさきほどまで亀もおいしそうに」

笑顔で答える私。でも史亜様は話を聞いた途端、目を丸くして驚いていた。

流千が気軽に提案する。

「実際に食事の様子を見てみます？　まだ料理はたくさんあるので、史亜様も一緒にどうですか？」

「流千!?」

弟は、臆面もなく私の作った料理を勧める。

神獣様にも出しちゃったけれど、あれは庶民が食べる家庭料理よ！

史亜様みたいな高貴な女官の方に出せるようなものではない。

焦る私の気持ちとは反対に、史亜(シア)様は茶を飲んだときのようにあっさりと提案を受け入れた。

「ではいただきます」

「よろしいのですか⁉」

ぎょっと目を見開く私をよそに、流千(ルーセン)は「すぐに温め直しますね」と言って席を立つ。

本当によろしいのですかと重ねて尋ねる私に、史亜(シア)様は笑顔で答えた。

「神獣様が召し上がっているのですから、ぜひとも食べてみたいと思いました。それに、温かい食事がいただけることはめったにないので嬉しいです」

「あら、そんなにお忙しいのですか？　冷めた食事ばかりなのは残念ですね」

「あ……はい。そうです、忙しくしていることが多くて」

史亜(シア)様は頬に手を当て、苦笑いになる。

こんなに上品で優雅な佇まいの方でも、忙しく働かされるなんて……。

春貴(しゅんき)妃様の宮ってそんなところなのかと驚いた。

地下から盗んできた亀を使った料理に加え、私が作った庶民料理が食卓を埋め尽くして『神獣様とのお食事会』が始まってまもなくのこと。

建てつけの悪い扉が酷く軋んだ音を立てたと思ったら、仁蘭(ジンラン)様がやや息を切らして飛び込んできた。

何か悪い知らせでもあるのかと思うほどの険しい顔つきに、私はぎょっと目を瞠る。

「ここにいたか……！」

「仁蘭様⁉」

彼の目は、亀と鶏の骨で出汁を取ったスープの椀を持っている史亜様に向かっている。

史亜様は仁蘭様に対し、にこりと笑って言った。

「あら、意外に早かったですね。史亜はこのように神獣様との時間を満喫しておりました」

「………………」

仁蘭様は必死に怒りを堪えている様子で史亜様を睨む。

普通の人なら凍りつくくらい恐ろしい形相の仁蘭様を前にしても、史亜様はずっと笑顔だった。

その目はとても楽しそうで、まるで仁蘭様をからかっているように見える。

「神獣様のことは『こちらでよきに計らう』と申し上げ……言ったが、聞いていなかったのか？」

「はい、ですから私がここへ来ました」

「答えになっていない」

史亜様はじっと仁蘭様を見つめ、「何が悪いのですか？」というかのように堂々とした態度で向き合っていた。

聞いていた通り、随分と親しい間柄であることがわかる。

しかも、史亜様の方が仁蘭様より強いような……？

「だって、すぐお会いしたかったのです。私がここへ来た方が早いですし」

二人の会話から、私は何となく状況を察する。

史亜様は、きっと仁蘭様に指示された日時よりも早くここへ来てしまったのだ。神獣様にすぐに会いたかった……とご本人も言っていたし。

もしそうなら命令違反といえば命令違反だけれど、ちょうど私たちも宮にいてこんな風に時間が持てたのだからこれでよかったような？

そんなに怒らなくてもいいのではと、私は笑顔を作って仁蘭様を宥めようとする。

「仁蘭様、どうか落ち着いてください。史亜様と神獣様の対面は果たせましたし、これから保護していただくにしても段階を踏んでからと思えば、初対面は早い方がいいですよ」

「おまえは何もわかっていない」

いきなり全否定!?

私はむっとして言い返した。

「何がですか？　神獣様のお世話についてはちょっとわかってきました。何もわからないということはございません」

「………違う」

仁蘭様は大きなため息をつき、呆れた顔をして黙り込んだ。怒りは収まったみたいだけれど、とても疲れているご様子だった。

史亜様はそれを見て、くすくすと笑っている。

「せっかくですから、座って一緒に食べません？　おいしいですよ」

流千は自分と私の間の椅子を示し、仁蘭様に着席を促す。

私も「どうぞ」と勧めてみた。

「まさかこれは地下の？」

さすが仁蘭様、察しがいい。

神獣様ももぐもぐと食べているのを見て、仁蘭様はげんなりした顔で言った。

「本当に調理するとは……出所のわからない怪しいものをよく食えるな」

「これは作戦です。敵が必要とするものの数を減らすという完璧な作戦です」

流千は真剣な目でそう訴えた。

単に食べたかっただけなのに、すらすらと言い訳が出てくるのは流千らしい。

仁蘭様は、史亜様の手元を見てさらに顔を引き攣らせた。

「史亜も食べたのか？」

「ええ、とてもおいしかったです」

絶句する仁蘭様とは対照的に、史亜様は本当に楽しそうに笑っていた。すっかり空になった椀と皿を見れば、料理を気に入ってくれたのだとわかる。

私は、仁蘭様にも勧める。

女官である史亜様があまり温かい食事を取れないくらいだから、仁蘭様もきっとそうだろう。せめて今くらいは栄養のある温かいものを食べてもらいたくなった。

「亀は滋養強壮にいいですよ。疲労回復にもお薦めです」

「いらん」

「味が苦手ですか？　それなら、糖水にして蜜をかければ食欲がなくてもするっと食べられます。あ、砕いた腹甲と甘草など混ぜて薬を調合しましょうか？」

「やめろ。より怪しいものを薦めてくるな」

力なくそう言うと、仁蘭様は諦めて席につく。

私は大皿に盛ってあった亀の煮込みを椀によそい、仁蘭様に差し出す。

「どうぞ」

「……」

仁蘭様は無言で受け取り、眉根を寄せてしばらく椀の中身とにらめっこしていたものの、ついには匙で掬って口の中へ放り込んだ。

史亜様はその様子が相当におかしかったようで、声を押し殺して笑っていた。

「それなりに、うまい」

「でしょう⁉」

まさかうまいと言ってもらえるとは思わなかった。

私はぱぁっと笑顔になる。

強引に食べさせている状況ではあるが、仁蘭様には栄養のあるものを食べて元気でいてほしい。

召喚したときのような弱った姿は見たくないし、元気でなければ亀たちがいた地下の捜索も行えない。

「以前よりよくなったとはいえまだ万全には見えませんよ、仁蘭様。地下の調べはまだまだ終わらないんですよね？」

「あぁ、罠や隠し扉を見つけたから時間がかかりそうだ。急いではいるのだが……」

美明さんも地下にいるかもしれない。

何も言わなくても、仁蘭様が急いでいる理由は察しがつく。

史亜様の表情にかすかに緊張が走ったのもそのせいだろう。

私は温かいお茶を注ぎながら、仁蘭様に言った。

「焦りは禁物です。まずは仁蘭様のお体あってのお仕事ですよ。つらいときにこそ、おいしいものを食べて体を整えるんです。……大切な人のことを想うと堪らなく苦しいでしょうが、どうか希望を捨てずにお体を労ってください」

仁蘭様が美明さんを……と想像すると一瞬ずきりと胸が痛む。

もやもやした気持ちが胸の中に広がり、なぜ私がこんな気分になるのかわからなかった。

「大切な人？」

精一杯の励ましをしたつもりだったのに、当の仁蘭様はいまひとつのような反応だった。

何のことを言われているのかわからない。目がそう言っている。

私はそんなに的外れなことを言ったんだろうか？

互いに首を傾げて見つめ合っていたら、先に食べ終わっていた流千が神獣様を抱きながら尋ねた。

「結局、神獣様は宮廷で保護するんですか？　史亜様に懐くのも時間がかかりそうですけれど」

これに答えたのは史亜様だった。

「今日は諦めようと思っています。神獣様がお二人から離れたくないのでは、と」

「みゃ」

肯定するように鳴き声を上げられては、史亜様も苦笑いだった。

仁蘭様も今すぐには無理だと判断したようで、「しばらくここで任せられるか？」と流千に言う。

私は女官として喜凰妃様の宮で働かなければいけないので、毎日ずっと一緒にはいられない。

流千は自分が世話をすると言ってくれて、しばらく神獣様の保護が流千の仕事になった。

「どうか、神獣様をよろしくお願いいたします」

帰り際、見送りに出た私たちに対し史亜様は来たときと同じように丁寧な合掌をした。

仁蘭様は、人に見られては困るといった風に周囲を警戒している。

私は笑顔で史亜様に言った。

「史亜様、また来てくださいね」

「……はい」

背の高い彼女は、私を優しい眼差しで見下ろした。

「神獣様のことがなくても、気軽にお越しください。また一緒に食事をいたしましょう」

私がそう言うと、史亜様は少し驚いた後に顔をくしゃりと歪めて笑った。

そして嬉しそうに目を細め、何度も頷く。

「はい、ぜひとも」

何度も来てくれた方が神獣様も早く懐くだろうし、それを抜きにしても私も史亜様とまた話がしたいと思った。

仁蘭(ジンラン)様に「行くぞ」と急かされた史亜(シア)様は、歩き出してから少し振り返って私を見た。

「また必ず会おう、采華(サイカ)殿」

振り返った史亜(シア)様は、今までの雰囲気とはがらりと変わり凛々しく力強い雰囲気だった。さきほどまで一緒に笑い合い、食事をしていた人と同じようには見えない。

驚いている一瞬のうちに、彼女は仁蘭(ジンラン)様と共に遠ざかっていく。

「史亜(シア)様は一体……?」

普通の女官ではないのだろうか?

仁蘭(ジンラン)様から神獣様の保護を任されるくらいだから、武芸に秀でているとか?

「次に会ったときには教えてくれるかな」

もしかすると、下級妃だけれど女官のふりをしている私と同じく、本当は別の顔を持っていらっしゃるの……?

いつか話してくれるといいな。

そんなことを思いながら、私は宮の中へと戻るのだった。

第六章　皇族の男児

紅(コウ)家の次男、紅仁蘭(コウジンラン)。

天遼(てんりょう)国きっての名家に生まれ、十五歳で宮廷に上がってから瞬く間に皇帝陛下の懐に入り込み、異例の出世を果たした若き尚書……というのが表向きの顔である。

尚書といっても、その実は皇帝直轄の枢密院に所属する皇帝陛下の側近だ。

宮廷のみならず国内各地に情報の網を張り、貴族たちを徹底的に調査する。その結果により、不正を行っていた者たちは容赦なく排除する役目を負っていた。

公の場で皇帝陛下からの裁きを言い渡すこともあれば、秘密裏に命を奪うことも躊躇わない。

すべてはこの腐敗した宮廷を正すため、主君のために働いてきた。

仁蘭(ジンラン)を懐柔しようと賄賂を寄こしたり、美女を送り込んできたりと様々な謀略も見られたが、彼の行動は一貫して変わらなかった。

(愚かな者たちだ。自分たちの保身ばかりで国のことなど考えもしない)

臣下は皇帝陛下の手足であり、国の繁栄に力を尽くすべき。政におけるすべての権限は皇帝陛下に帰属すると定められているものの、それはいつしか形骸化し、各省を率いる大臣の権力が強くなったことで皇族を支える派閥と彼らの力関係は拮抗していた。

仁蘭はこの状況を正すべく、皇帝陛下の名代として不正に手を染めた者たちを容赦なく処断していった。

紅仁蘭の名が記された喚問状を受け取った者たちは、いよいよ自分の番が回ってきたのだと絶望した。

――次は誰が裁かれるのだ？

――素直に従った方がいい。抵抗しても斬られるだけだ。

旧時代から権力を握っていた者、そこから甘い汁を吸っていた者たちの間では次第に恐れや嘲りが広まっていく。

――皇帝の犬が……！　あれに狙われると一族すべてが憂き目に遭う。どうにかしなければ！

――当代の皇帝陛下は我々の存在を軽んじているのでは？　この国を治めてきた我らには、それ相応の役職や褒美があって当然なのに……！　我らは生まれながらに尊い存在であって塵芥にすぎぬ民とは違うということが、なぜわからない？

――今や孫大臣しか頼れる方はいない。孫大臣なら紅仁蘭をどうにかしてくれる。

宮廷は、皇帝派と孫派に分かれ始めていた。

(この国の貧しさをあいつらはわかっていない。このままでは他国に呑み込まれる)

今この国は、先代皇帝まで三代続いた浪費と無策によって財政難に陥っている。

一部の貴族の違法行為により、隣国に塩や穀物が多く流れていることも問題だった。あちらを片付ければこちらで膿（うみ）が見つかり……と八年経っても仁蘭（ジンラン）の役目は終わらない。

宮廷の中央にある先代皇帝が造らせた朱色の回廊は金銀の彫り物が至るところに飾られていて、そこを歩くたび「これを造らせるためにどれほどの財が注（つ）ぎ込まれたのか」と怒りを覚えた。

『いつもそんな恐ろしい顔で歩いていたら、仁蘭（ジンラン）が婚期を逃してしまうな。でも、そうさせてしまったのは私か……どうしたものか？』

報告のために寝宮へやってきた仁蘭（ジンラン）を見て、皇帝がそう言って困り顔で笑ったことがあった。

右側にわずかに首を傾けながら目を細めて笑う仕草は、その人が皇帝陛下としてではなく玄苑（ゲンエン）という一人の人間として話しかけるときによくする癖だ。

今もまた、そのようにしながら竹林を歩く仁蘭（ジンラン）に問いかける。

「怒っているか？　勝手にいなくなったこと」

腰まである長い濃茶色の髪を後ろで一つに結び、普段なら絶対に着ない華奢（きゃしゃ）な骨格がわかってしまう女官の衣装を着た史亜（シア）――いや、玄苑（ゲンエン）が顔色を窺ってくる。

悪いことをしたという自覚はあるようだが、仁蘭（ジンラン）なら許してくれるだろうという思いが透けて見えた。

仁蘭（ジンラン）は周囲を警戒しつつ、前を向いたまま答える。

「私より浩林（コウリン）が怒っているのでは？　護衛を置き去りにするのは困ります」

「それはすまない。で、その浩林（コウリン）は？」

「離宮を捜しに行かせました」

「そうか。でも、『すぐに戻る』と書き置きはしてきたから許してほしいな。伝えておこうかとも思ったのだが、あいつは生真面目だから事前に話したら絶対おまえに言いつけるだろう？」

玄苑（ゲンエン）は、涼しい顔でそう言った。

それを横目に見て、仁蘭（ジンラン）はため息をつきそうになるのをぐっと堪える。

（今までこんなことはなかったのに……そんなに神獣を見たかったのだろうか？）

玄苑（ゲンエン）は『史亜（シア）』と名乗り、采華（サイカ）の宮を訪ねた。

史亜（シア）というのは仁蘭（ジンラン）が神獣の世話を任せようとしていた女官の名前で、今はまだ神獣用の部屋の支度をさせている段階だった。

神獣の存在を報告した際「早く会いたい」と玄苑（ゲンエン）が言っていたのは覚えていたが、まさか女官と偽って采華（サイカ）の宮へ行ってしまうのは想定外だった。

「でも、困ったな」

「何がですか？」

「采華（サイカ）にはまた会おうと言ったけれど、もう史亜（シア）という名は使えないだろう？　本物の史亜（シア）がいずれ神獣様を迎えに行けば、私が嘘をついたとばれてしまう」

玄苑（ゲンエン）は腕組みをしながら悩んでいた。

「史亜（シア）に別の名を名乗らせればいいのか？　でも嘘が増えると面倒だ。采華（サイカ）とはこれからも付き合いを続けたいのだ。料理もおいしかったからな」

「怪しげなものを口にされては困ります」

「いいじゃないか。いつもは毒見役が食べてから一刻置いて、安全を確かめた後の冷めきった料理しか食べられないんだから。温かい食事など即位してから初めてだったのだ」

「ですが……」

（本当にまた采華の宮へ行くおつもりなのか？）

難しい顔つきの仁蘭に気づいた玄苑は、その思考を読んで言った。

「約束したからにはまた会いに行くよ。だいたい、今日の目的は采華に会うことだったからね。神獣様にはもちろんお会いしたかったけれど」

「……は？」

前を向いたままだった仁蘭が、咄嗟に玄苑の顔を見る。

「それはどういうことですか？」

采華たちとの取引については、包み隠さずすべてを報告してあるからわざわざ確認しに行く必要はない。

玄苑も仁蘭の報告を疑っているわけではないはずだ。

それなのにどうして、と仁蘭は困惑する。

「おまえが珍しく感情を隠しきれずに報告してくるから、どのような娘か気になっていたのだ。それにいくら体がつらかったとはいえ、他人からもらった薬を飲むなんて仁蘭らしくないだろう？　直接会ってみて彼女の人となりを確かめたかった。思いがけず護衛が手薄になったので、これは今しかないと思ってな？　ははっ、実際に会ってみたらあまりにかわいらしくて驚いた」

かわいらしいとはどういう意味なのか？

宮廷にはほとんどいない、裏表のない反応が子どものようでかわいいという意味なのか？

それとも、容姿や振る舞いが愛らしいという意味なのか？

（采華（サイカ）は妃だ。皇帝陛下に気に入られることは悪いことではない）

ただ気が合っただけ、とも考えられる。おそらくそういうことだとは思う。

采華（サイカ）の様子を思い出しても、女官の史亜（シア）としての玄苑（ゲンエン）に心を許していたようにも感じられた。

でもなぜか「そうですか」のたった一言すら言葉が出てこず、胸の奥に何か重たいものが詰まっている気分になる。

玄苑（ゲンエン）は仁蘭（ジンラン）の顔に戸惑いが滲んでいることに気づき、くすくすと笑いながら説明した。

「別に妃として興味があったわけではない。考えていることが素直でわかりやすくて、かわいいなと思っただけだ」

「…………」

「私のことを信用していないのか？」

「そういうわけではありませんが」

玄苑（ゲンエン）が采華（サイカ）に対し何を感じようが、仁蘭（ジンラン）にとっては大した問題ではないはず。それなのに釈然としない気持ちになるなんて、まるで二人が接近することを嫌がっているようではないか。

胸の内をどう言葉にしていいかわからず、仁蘭（ジンラン）は言葉に詰まる。

そんな仁蘭（ジンラン）を見て、玄苑（ゲンエン）はからかうように言った。

「今日会ったばかりの私より、おまえの方がよほど采華のかわいらしさには気づいているだろう?」

期待の籠った視線のせいで「はい」とは言えなかった。

ここでも仁蘭は沈黙を貫く。

すると玄苑の方が先に「悪かった」と折れ、困らせたことを謝ってくる。

「冗談だよ。……私が誰かを愛することはない」

玄苑はその華奢な手でポンと仁蘭の肩を叩いた。安心しろ、と言われたようだった。

玄苑は「信頼されていないなんて心外だよ」と拗ねた口調で言うと、長い髪を揺らしてさっさと歩いていく。女官の姿なのに歩き方は堂々とした皇族男子のそれで、後ろ姿をじっくりと見れば違和感がある。

（あれほど会いたがっていた皇帝陛下が目の前にいたなど、采華は夢にも思わないだろうな）

今の玄苑を采華に見られなくてよかったと安堵した。

すると前を歩いていた玄苑が振り返って言った。

「まぁ第一に、おまえの想い人を奪いたくはないからな」

「!?」

一体何を言い出すのかと仁蘭はぎょっと目を見開く。

（想い人？　俺が、采華を？）

そんなことがあるわけないと反射的に否定した。しかし心臓はどくんと大きく鳴り、自分が動揺しているのだと気づかされる。

（采華のことはほかの部下よりも気にかかるがそれはまだ取引をして日が浅いからで、しかも言動が理解できない変わった娘だからだ。特別に想っているわけでは……ない、はず）

自分が、誰かを好きになるわけがない。

あり得ない。

でも初めて会ったときの強い眼差しも、素直に謝罪する声も、仁蘭に己を労れと諭す口ぶりもやけにはっきりと覚えている。

貴族たちからは疎まれ、恐れられる仁蘭の体を気にかけるお人好しな娘。報告のために寄こされるはずの文には、『ちゃんと眠れているのか？』『無理は禁物だ』などと仁蘭を案じる内容がいつも書かれていた。

『私にとって仁蘭様は人間です。――命はお大事に』

『私は仁蘭様にも無事でいてほしいんです……！』

嘘偽りのない黒い瞳を見ていると、捨てたはずの感情が胸の内で動くのを感じた。

いつでも気丈な采華を期待して、でも悲しい顔をすれば助けたいと思って自ら動いてしまう。

気づけば自分にとって彼女は道具ではなく、范采華という一人の人間になっていた。

腐敗した宮廷で生き抜くために、他人は信用せず「人を人だと思うな」と自分に言い聞かせてきた仁蘭にとってはあり得ない変化だった。

（だから何だ？　采華は妃で、美明を見つけるために取引をした相手だ。それに……あのことは絶対に明かせない）

仁蘭は強く手を握り締め、いつものように感情を抑え込もうとする。「采華のことは勘違いだ」と否定するつもりで、先へ進んでいた玄苑の後を追った。

「玄苑様」

呼びかければ、玄苑は少しだけ振り返る。

その目は少し寂しげで、さきほどまでの楽しげな様子はない。仁蘭は何かあったのかと眉根を寄せた。

「やはり後宮に行くのはよくないな。あのような場所など知ったことかと思っていたが、こうして妃の一人に会うと、思いのほか罪悪感があるものだ。若い娘たちがずっと後宮という檻に閉じ込められ、永遠に訪れることのない皇帝を待っているのは哀れだ」

「……」

玄苑に後宮を訪れろというのは無理な話だった。

哀れなのは一体どちらなのか？

玄苑の苦しみを知るからこそ、仁蘭はかける言葉が見つからなかった。

「あなた様のせいではありません」

ようやく出てきた言葉はそれだけで、でも紛れもない本心であり、残酷な事実だった。

玄苑は視線を落とし、薄く笑って答える。

「そうだな……女の身ではどうしようもない」

男よりも男らしく見えるように。

物心ついた頃から訓練されてきた玄苑は、これまで様々な儀式を乗り切ってきた。ただし、後宮で妃と閨を共にするということだけはごまかしようがない。

「後宮入りするのも貴族の娘に生まれた責務だから諦めろ、ずっとそう思ってきたのにな。まさかここまで感情を揺さぶられるとは思わなかった」

己がこれまで皇帝として国に身を捧げてきたように、貴族の娘たちにもまたその責務があると疑っていなかった。

望んで後宮入りした娘たちも然り「現状を受け入れろ」と、冷淡に見て見ぬふりをし続けることでほかの改革に注力してこられたのだ。

(采華に会ったことで、妃らを捨て置くことに罪悪感を持ってしまうとは……。しかし後宮を今すぐ廃することはできない。無用な反発を招くのは避けるべきだ)

仁蘭にはどうすることもできず、歯がゆさだけが残る。

だが、玄苑はすぐにいつもの凛々しさを取り戻して告げた。

「わかっている。今はまだその時ではない」

「……」

「次代に任せられるその時まで、私も妃もこのままだ。そんなことは覚悟の上で新皇帝の座に就いたのだ」

玄苑はそれから一言も話さなかった。

ふと漏らした己の弱さに蓋をして、前を向いたまま歩き続ける。

隠し通路を使い後宮から宮廷へと戻ってきた二人は、玄苑(ゲンエン)の私室へと密かに入った。

玄苑(ゲンエン)が女官のふりをするのはここまでで、またいつものように皇帝陛下として振る舞わなければならない。

玄苑(ゲンエン)は着替えが用意してある奥の間へ入り、仁蘭(ジンラン)は美しい山々が描かれた六曲一隻の屛風(びょうぶ)の手前で控えていた。

衣擦(きぬず)れの音がしばらくした後、玄苑(ゲンエン)がふと思い出したかのように口を開く。

「范(ハン)家が営む薬屋は、よく効く薬を扱っているそうだな。この壊れた体を何とかすることができるだろうか？」

「……使いの者を向かわせます」

「あぁ、頼む」

玄苑(ゲンエン)は医官が調合した特別な薬を、八歳のときから十五年間も飲み続けている。

女性らしさを抑え、より男性の体に近づけるように。体を変えるということは相当な負担がかかり、近頃では体調を崩すことも多くなっていた。

「亡き母上は、後始末もせずに逝ってしまわれた。迷惑なことだな」

玄苑(ゲンエン)の声が屛風の向こう側から聞こえてくる。

そこに悲哀はなく、こうして口に出せるほど割り切っている様子が伝わってきた。

元皇后の玉静(ぎょくせい)。玄苑(ゲンエン)が性別を偽ることになった元凶である彼女は、三年前に亡くなっている。

仁蘭(ジンラン)は、たった一度だけ遠目に見た玉静(ぎょくせい)妃の空虚な瞳を思い出した。

建国記念の祝典で、民を前にして皇帝の隣で立つ小柄な妃。東宮である玄苑の母なのに、本来あるはずの自信や幸福感などまるで持たない人形のように表情をなくした人だった。

（玉静妃は、自分がついた嘘がどのような結末を迎えるか想像していたのだろうか？　いや、おそらく何も考えてはいなかっただろうな。ただ、皇后として一番先に男児を産むことしか考えていなかった）

先帝には、皇后をはじめ正式な妃だけでも五十人ほどいた。

十五歳で皇后となった玉静妃が「何としても東宮となる男児を産むのだ」と生家からの期待を一身に背負わされ、本人もまた「そうなるに違いない」と強く思い込んでいたのは有名な話だ。

彼女は「次期皇帝の母になる。私はそのために存在している」と一心に信じ続けていたそうだ。

しかし、強すぎる思いは悲劇を招いた。

「もしもおまえの方が数日でも早く産まれていれば、何もかもが違っていたのにな。この国は私に騙されずに済んだのだ」

「……騙したのは玄苑様ではなく玉静妃です。それに、騙された者たちが愚かなだけです。すべてがあのとき明るみに出ていれば、玄苑様が苦しむことはなかった」

仁蘭は冷めた目でそう言った。自分たちは旧時代の尻拭いをさせられているという悔しさが、真実を知った日からずっと消えずにいる。

二十三年前の秋、後宮で二人の赤子が誕生した。

一人は玉静妃の産んだ女児で、もう一人は貴族の中でも身分の低い妃が産んだ男児。

東宮にこだわる玉静妃は医官や宦官らを金で取り込み、産んだ女児を男児だと偽らせた。

「性別を偽っていることが露呈すれば死罪は免れません。いくら望まぬ嘘であろうとも、玄苑様は生きるために東宮であり続けるしかありませんでした」

「……そうだな」

身分の低い妃は玉静妃の悲願を知っていた。だからこそ「このままでは二人とも殺されてしまう」と恐れ、産まれたばかりの男児を連れて後宮から逃げ出した。

(俺が先に産まれていたとしたら、赤子のときに殺されていただろう。俺がこうして生きていられるのは、皮肉なことに後宮の者たちが愚鈍だったからだ)

逃げ出した妃は紅家で護衛をしていた弟のもとで匿われることになり、生き延びた男児は事情を知った紅家の当主によって密かに育てられた。次男、紅仁蘭として。

(紅家の養父は、母と俺を哀れんでいた。弱者が踏みにじられる世をよしとしない、優しい人柄だったから。これが別の貴族家であれば、やっかい者でしかない俺はとっくに始末されていたに違いない)

昔ほどではないものの、皇族は尊い存在として敬われてきた。

紅家の当主夫妻は皇族の血を引く赤子を見捨てることなど到底できず、さらには二人目の子を死産したばかりだったためこのままでは殺されかねない仁蘭を自分たちの子として保護することに決めたのだった。

この事実は誰にも明かさない。彼らはそう決め、紅家の二歳上の兄にすら仁蘭が養子だということは秘匿された。

仁蘭を産んだ母は乳母としてしばらくはそばにいたが、仁蘭が五歳を迎えると紅家の遠縁の貴族の後妻となって出ていった。それ以来、元気でいることは人づてに聞いている。

仁蘭が真実を知ったのは十二歳のときだった。養父が病で亡くなる間際にある事件が起き、自分が皇族の血を引いていることを知った。

紅家の養父が療養する屋敷に賊が侵入したのだ。

（一体なぜ……⁉　紅家は中立、父が襲われる理由がない）

単純に金目のものを狙ったのならば、もっと家格が低く護衛の少ない家を狙う。彼らは何か目的があって紅家にやってきたのだと思った。

嫌な予感がした仁蘭は、護衛が止めるのも振り切って馬を走らせた。

幼い頃から剣術に長けていた仁蘭は、十二歳にして周囲に一目置かれるほどの腕前で、賊が侵入したと聞いても恐ろしいとは思わなかった。

養父や皆を助けたいという一心で馬を駆け、屋敷を目指した。

だがそこで見たのは、敵味方判別がつかないほどの数多の死体。紅家の養父は無事だったものの、赤子の仁蘭を匿った叔父が犠牲になっていた。

この日、本当は養父を見舞う予定だった。けれど、一緒に向かうはずだった兄の都合で「夕暮れまで出立を待ってほしい」と言われて仁蘭は難を逃れていた。

賊の生き残りは、仁蘭の赤い髪を見ると途端に狙いを定めて刀を振るってきた。

ほかの護衛にはわき目もふらず、仁蘭だけを狙ってくるその様子から彼らは自分を標的にしているのだと気づかされる。

（なぜ俺を狙う⁉）

自分が襲われる理由がわからない仁蘭は、混乱しつつも賊をすべて片付けた。

（この者たちの目的は……？）

周囲は赤く染まり、これまで見たこともない凄惨な状況が広がっている。刀を握り締めた手は今になってカタカタと小刻みに震え出した。

明確な殺意を持って向けられた目が忘れられない。

（俺さえいなければこんなことにならなかった……？）

血まみれで立ち尽くしていると、黒ずくめの少女が現れて手を差し伸べてきた。

『あなたに会いたいという方がいます』

警戒心から一歩も動けない仁蘭だったが、奥から侍従に支えられて姿を見せた養父によって『この娘は敵ではない』と告げられて刀を納めた。

『情報が漏れたのはこちらの不手際です。伝令として私が寄こされたのだけれど、向こうの方が動きが早くて間に合わなかった』

そう淡々と話す少女の名は丹美明。東宮である玄苑の部下だった。

養父は自分の命があとわずかだと悟り、密かに玄苑と通じていた。玉静妃と違い玄苑は信頼できると判断し、仁蘭のことを託すつもりだったと打ち明けられた。

このとき初めて己が皇族の血を引く者だと知り、仁蘭の世界は一変する。

（俺は何も知らず、のうのうと生きてきてしまった）

美明の案内で密かに宮廷へと向かった仁蘭は、そこで異母姉である玄苑と対面した。

東宮が女性だったことにも驚いたが、玄苑が同じ十二歳とは思えないほど落ち着いている……というより諦めたような顔つきをしていることに愕然とした。

『おまえはどうしたい？』

玄苑は、自分の立場を脅かすかもしれない存在である仁蘭を排除しようとは考えていなかった。

それどころか、仁蘭の平穏を守れなかったことを詫びた。

『後宮の事情に囚われるのは私一人で十分だ』

玄苑はとっくに覚悟していて、仁蘭を恨むことなくその身を案じていた。

自分が手に入れることのできない幸福を、代わりに得てほしいと思っているようにも見えた。

（こんなことは間違っている）

仁蘭は玄苑の苦しみを共に背負いたいと思った。

この日から、仁蘭は玄苑の望む国づくりを支えると決めた。

（あれから十一年……。先の見えない戦いはまだ続いている）

宮廷の勢力図に変化はあっても、相変わらず敵は強大で孫大臣の脅威は見過ごせない。

しかも美明が行方知れずになり、玄苑の心労は相当なものだった。

美明は玄苑の乳母の娘で、幼少期から玄苑のためだけに生きてきた。仁蘭が何も知らず名家の子息として育てられている間も、ずっと玄苑に寄り添い続けてきたかけがえのない存在だ。喜凰妃を調べると決めた際も「私なら顔が知られていないから女官として潜り込める」と自ら志願した。

（美明が行方不明の今、玄苑様を支えられるのは俺しかいない……だが、俺の存在が露呈すれば玄苑様の治世に影響してしまう）

現在、皇族として籍のある皇子と公主は十二人。

皇子たちは、天遼国の成人年齢である十七歳には達していない。

今ここで仁蘭の素性が公になれば、必ず自分を担ぎ出そうとする者が出る。

（俺は本来生まれるべきではなかった。だが、玄苑様一人にすべてを背負わせるわけにはいかない）

かつて紅家を襲わせたのは、医官が亡くなる直前に出生の秘密を打ち明けていた官吏による策略で、「玄苑のため」という大義名分を掲げた末の暴挙だった。

（俺にできることは、せめてこの方の国づくりをこの手で手伝うこと。それに……もうこれ以上、俺のせいで誰かを死なせたくない）

目的のためには非情な手段を取ることも厭わない。そう覚悟してきたはずだった。

（流千はおそらく俺の素性に気づいている。召喚術で使った髪は俺のものだったが……呪符に記した条件に合致するのは俺しかいないのだから）

仁蘭が皇族でなければ、召喚術は失敗して誰もあの場に現れなかったはず。流千もそのことに気づいていて、あえて何も言わずに仕事を与えろと交渉してきたのだ。

（食えないやつだ……だが、孫大臣の側につかれるよりはずっといい）

敵の多い仁蘭にとって、わかりやすく利益優先主義の流千はある意味で付き合いやすい相手だった。その言動の不敬さはともかくとして……。

玄苑の着替えを待つ間、黙って控えている仁蘭に玄苑が屏風越しに声をかけてきた。

「今では、私たちのことを知る者は宰相と乳母、それにおまえたちわずかな腹心だけか。考えてみればよく父上を騙し通せたものだ。父上が突然亡くなったのは『もしや母上が……?』と思ったが、あの狼狽えようを見るに母上にとっても想定外だったのだろう。年を重ねて自我を持った面倒な皇帝などいらぬと、孫大臣が動いたと考えるのが妥当だ」

この二十三年間に、不審な死を遂げた者たちは何人もいた。口には出さないだけで、そのうちのいくつかは玉静妃による謀殺だったはず……と二人は考えていた。

「母上は皆を騙したにもかかわらず、私を己の思う『名君』に育てようとした。『国を守る、よき皇帝になるのです』とずっと言い聞かせてきた。後宮の醜さを体現したような人が、子には清廉であることを求めるなど……あまりに滑稽だと思わないか?」

玄苑の口ぶりに悲哀はない。

仁蘭にとって、彼女がすでに前を向いてくれていることは救いだった。

「幼い頃はそんな母上を恨み、いっそ皆を道連れに何もかも終わらせてやろうかとも思ったものだが、懸命に生きる民には宮廷の諍いなど関係ない。彼らが気にするのは皇帝が誰なのかではなく、どんな国にしてくれるかだ。私のような紛い物でも皇帝になれるのなら、不正に手を染めるやつらを一掃し、民が食うに困ることのない豊かな国をつくるのもいいだろう」

「玄苑様は民を思う立派な皇帝です。紛い物など……そんな風におっしゃらないでください」

仁蘭は本心からそう思っていた。

(腐敗した宮廷でまっすぐに生き続けるのは難しい)

キュッと紐を結ぶ音がして、玄苑の支度は手早く進められていく。

これまでは、美明がずっと玄苑の身支度を整えていた。二年前、美明を喜凰妃の宮へ密偵として向かわせてから、玄苑はずっとこうして己の手で皇帝の姿を作り上げている。

(俺たちのことを知る者はもうほとんどいない。だが、流千に知られてしまった)

初めて出会ったとき、流千は言った。『こちらにも色々な事情がありますが、仁蘭様にも何か複雑な事情があるように見えました』と。

流千の笑みを思い出すと、無性に苛立ちが募る。

(召喚術を使ったのも、采華ではなくあいつが言い出したことだろう。口先から生まれてきたような調子のよさに、胡散臭い笑み……しかも人を金づる呼ばわりした挙句、盾にするとか何とか無礼にもほどがある。それにあいつは采華に近すぎる)

流千のことを思い出せば出すほど、仁蘭は険しい顔になる。

取引をしてしばらく後、流千はたった一人で宮廷にやってきた。

そして、危険な役目を引き受ける代わりに『僕に何かあったら采華を匿ってください』と願い出てきたのだった。

（こんな俺に己を捧げるほど采華が大事なのであれば、二人で逃げればよかったのだ。昔からよく知る関係だと言っていたが……？　采華がどうしても薬屋を守りたいと言って譲らなかったのか？）

仁蘭は、最初は流千の願いを笑ってあしらおうとした。

『おまえ、俺が貴族共に何と言われているか知らないのか？』

――あいつが通った後は草も残らぬ。

誰かを守るのは不得手だ。考えたこともなかった。

しかし流千は笑いながら言った。

『僕よりマシでしょう？　僕は……いずれ何かやらかす気がします！』

『何を言っているんだおまえは』

ふざけているのか本気なのか、流千は摑みどころのない笑みを浮かべて『お願いします』と言ってきた。

まるで仁蘭がこの追加の取引に応じるとわかっているかのようで癪に障る。

だが、使える仙術士がいれば後宮内の調査は格段にはかどる。紅家出身の春貴妃のところに仙術士がいないということもあり、仁蘭は流千の提案に乗った。

「……どうしたんだ？　そんな顔をして」

黄色の衣装に着替え、玉冠を被った玄苑が屏風から顔を覗かせてこちらを見つめていた。すでに化粧も自ら施していて、冠から垂れ下がる糸状の装飾越しであれば美麗な顔立ちの青年に見える。

生まれたときから男として振る舞っているので、さきほどまでの女官姿よりもこちらの方がずっと自然だった。

仁蘭は小さく咳ばらいをして「何でもありません」と答える。

（感情など捨てろ。今までだってそうしてきた。これからもできるはずだ）

心の中でそう言い聞かせる。

しかし、一度乱れてしまった感情は思うように抑えられなかった。

「そうだ、大事な話を忘れていた。采華のことなのだが」

「っ！」

その名前を聞くだけで、一体何を言われるのかと身構えてしまう。玄苑がそんな仁蘭の反応に気づかないふりをして話を進めたのはありがたかった。

「地下を調べれば美明の行方もそう遠くないうちにわかるだろう。美明が見つかれば、采華には褒美を取らせるつもりだ」

「それは范家の店を助けるだけではなく……ですか？」

「あぁ、動機はどうあれ結果的には仁蘭のことも救ってくれたわけだから。范家のことに加えて、采華を後宮から出しておまえに嫁がせるのはどうだろうか？」

「は？」

仁蘭は驚きで目を瞠る。

そこまで驚かなくても、と玄苑は不思議そうな顔をした。

「先日、神力を与える呪符が欲しいと言ったのも采華のためなのでは？　仁蘭がそこまでして誰かを助けようとするのは、その者のことが本当に大事だからなのだろう」

「それは……」

あのときはただ采華が望むようにしてやりたかった。

流千を失いたくないと必死で看病する采華を見ていたら、自分にできることをしてやりたいと思ったのだ。

（やはり……俺は采華を大事に想っているのか？）

仁蘭の表情には困惑が浮かんでいる。

玄苑はそんな弟を見て、呆れたように笑った。

「ははっ、まさか気づいていなかったとは。……私としては、おまえがそこまで想う相手を後宮に留めたくはない」

「しかし」

「私はおまえを自分の分身だと思っている。だからこそ、手足のごとくおまえを使ってきてしまった。そんな私が何を言うのかと思うかもしれないが、せめて仁蘭にだけは人並みの幸せというものを知ってほしい。これまでのおまえならともかく、采華と出会ってからはそれが叶うかもしれんと思うようになったのだ」

「…………」

仁蘭は戸惑っていた。

（宮廷の腐敗を一掃することだけを考えて生きてきて、結婚など考えたこともなかった。人並みの

幸せが何なのかもわからない。それに、采華には俺の出自をすべては明かせない）

ぎゅっと拳を握り締め、肯定も否定もできずにいた。

沈黙が続き、仁蘭は渋面で視線を落とす。

（采華には笑って生きていてほしい。できればそばにいて、それを見続けたいとも思う。これまで誰かにこんな感情を抱いたことはなかった）

孫大臣を調べている最中、激流に飛び込み死を覚悟し、目覚めたら采華がいた。

強引に出ていこうとした仁蘭に対し、采華は恐れることなくまっすぐな目で言った。

――今動いたら死ぬかもしれないんですよ！

――『死んだらそれまで』だなんて言わないで！　命は一番大事なの！

起き上がらせてなるものか、というものすごい気迫が伝わってきて絶句した。

己の命など大したものではないと思ってきた仁蘭にとって、命は一番大事だと言い切る采華は鮮烈な印象を残し、あれ以来その存在が気になって目が離せずにいる。

恋というような甘い響きではない。けれど、仁蘭にとって采華が特別であることは確かだった。

（……だとしても、俺は采華に何を与えられる？）

その手を摑んだとき、振り払わずに笑いかけてくれるだろうか？

まさか自分が人にどう思われるかで悩むことがあるとは……と仁蘭は途方に暮れる。

玄苑はそんな仁蘭の様子を見て、「少し急ぎすぎたか」と呟いてから苦笑いをした。

「もちろん無理強いはしない。ただ、采華への褒美としてよい嫁ぎ先は用意してやった方がいいと思うぞ」

「嫁ぎ先……？」

玄苑の言うことはもっともだ。范家の店が助かれば采華が後宮にいる理由はなくなる。褒美として妃の位を上げたところで意味はない。采華の目的は妃として地位を築くことではなく、生家を守ることなのだから。

（調べによれば采華には一つ下の弟がいたな。家を継ぐのはおそらく弟なのだろう）

己の身を尽くして店を救ったとしても、采華は家に戻ればいずれ他家に嫁がなくてはならない。名家でなくとも、歴史ある薬屋の娘がいつまでも未婚でいるとよくない噂が立つだろうから、本人より両親が懸命に嫁ぎ先を探すに違いない。

（采華が誰かに嫁ぐ？　俺以外の誰かに、采華があの笑顔を向けるのか？　手を取り合い、笑い合って生きていくのか？　俺の知らない場所で、誰かと）

考えただけで体の奥が熱くなるのを感じた。

しかもふと頭をよぎったのは、今も采華のそばにいる流千のへらりと笑う顔だった。

当人同士にその気はなさそうだが、流千の気安い態度を思い出すと、これから心変わりする可能性だってないとは言い切れない。

（あいつにだけはやりたくない）

仁蘭はぱっと顔を上げ、玄苑を見た。

迷っていては機を逃す。采華を失うわけにはいかないと強く思った。

「采華のことは俺に任せていただきたい」

玄苑はそれを聞き、穏やかな笑みを浮かべて頷く。ただし、条件をつけるのは忘れなかった。

「今すぐではないにしても、采華の意見も聞いて承諾を得てから妻にすること。おまえはわかりにくいから、きちんと言葉にして気持ちを伝えること。わかったね？」

「…………承知しました」

少しの間を空けて、仁蘭は返事をした。

自分のどこがわかりにくいのか？　部下には明確に指示を出してきたつもりだったが、わかりにくい部分があったのだろうか？

腑に落ちない部分はあるものの、玄苑の言わんとすることは理解できた。

（今回のことが解決すれば、采華と話をする）

仁蘭はそう決意した。

——史亜です。謁見のお時間にございます。

扉の向こうから、本物の史亜が玄苑に声をかける。

「では、行こうか」

玄苑は大きく膨らんだ袖を翻して扉へと向かい、仁蘭もまたその後に続いた。

第七章　大切な人

喜凰妃様に仕える女官は、私を含め全部で十名。

掃除や裁縫、灯火などの雑事を行う宮女たちも含めると、六十人ほどが喜凰妃様のために何らかの役割を担っている。

女官の仕事は少なくて時間があり余る……なんて思っていたのは最初だけだった。

「文はこれですべてなの？」

今、私の目の前で厳しい視線を送ってくるのは女官長だ。

「四妃様および九嬪の皆様宛にお作りしました」

季節の挨拶から始まる初夏の茶会の招待状は、主に上位の妃たちに送られる。

私が代筆した文を揃えて差し出すと、女官長は一通り目を通してから目を細めた。

「文字が太いわ」

「え？」

用意された筆を使ったのに、文字が太いとは？

心を込めて丁寧に書いたけれど、まさかそこを指摘されるとは思わなかった。

「全部書き直しなさい。それから、もっと紙に香のにおいをしっかりつけなければ文が届く頃には何の香りもしないわ。喜凰妃様の女官に、このような半端な仕事は認められませんよ」

紙の香りのことまで言われると、完全に言いがかりである。

女官が勝手に香を焚くことはできないし、しかも紙に……となればそれはもう後宮に物を運んでくる商人の仕事だった。

私にどうしろと言うのだろう？

「夜までに書き直すのよ、わかったわね」

嫌がらせだとはわかっていても、女官長には逆らえない。

私は理不尽さを受け入れ、一から書き直すことにした。

「すみません、筆の種類と紙を先に確認させていただきたいのですが……」

「自分で考えなさい」

あっ、さらに理不尽！

これでは何度やり直してもだめだと言われるに違いない。むしろ、認めるつもりなどないのだと伝わってくる。

「はぁ……どうしてこんな役立たずがここへ来たのかしら？　私の親族を推薦しておいたのに」

どうやら私に個人的な恨みがあるらしい。

心の中では「八つ当たりはやめてほしい」と思いつつも、これ以上怒りを増幅させないようにおとなしい態度を心がける。

女官長は私を一睨みすると、さっさと部屋から出ていってしまった。

これはもう、指が攣ろうが腕が痛もうが書き続けるしかない。向こうが根負けするまで、文を書き直そう。

「命を取られるわけじゃなし、書き直せばいいなんて甘いくらいよ」

自分自身にそう言い聞かせ、私は机に向かった。

けれど夜になり、女官長を捜している際に廊下で喜凰妃様とばったり会って告げられた事実に愕然となった。

「あなたが書いてくれた招待状を昼に女官長から見せてもらったの。樹果はとても字がきれいなのね。ありがとう」

「!?」

私が最初に書いた文はすでにお妃様方の宮へ運ばれていた。

つまり、今の今まで書き直していたものは何の意味もなかったということになる。半日以上、無駄なことをさせられていたのだ。

「このところ、大きな催しがないでしょう？　私がこうして皆を集めることで交流が生まれたり、楽しみができたりすれば後宮がもっと明るくなると思ったの。妃たちが笑顔になれば、きっと陛下のお耳にも噂が届くはずよ」

喜凰妃様が、自分以外の妃たちの暮らしぶりを心配しているのが伝わってくる。

そのお心を利用して新米虐めをするなんて、なおさら女官長のやり方が許せなかった。

「いつか陛下のこともお招きしたいわね……」

「喜凰妃様」

少しだけ寂しげな顔をした喜凰妃様だったが、周囲の女官たちがしゅんと気落ちしたのを察するとまたすぐにいつもの笑顔に戻る。

「私ったら、しっかりしないとね。樹果、本当にありがとう。ゆっくり休んでね」

「は、はい」

上機嫌で寝所へ歩いていく喜凰妃様と女官たちを見送った後、私は一人でがっくりと項垂れた。

女官長め……！　喜凰妃様が喜んでいるから、あの場で文句なんて言えないじゃない。

私には、愚痴を零すことすらここでは許されない。

食事を取ったら、神獣様に癒されにこっそり宮へ戻ろうと思った。

「あなた、今から部屋に戻るの？」

「え？」

突然に背後から話しかけられ、驚いて振り返ればそこには李慈南さんが立っていた。

彼女は周囲にほかの女官がいないことを目で確認してから、一歩私に近づいて小声で伝える。

「あなたの部屋、扉の取っ手に何か塗ってあるわよ。ほかの女官たちが話していたのを聞いたから
……。扉を開けようとして触れると、指の皮が爛れるって」

「そんなことが⁉」

信じられない。嫌がらせでそこまでするの？

私はため息交じりに言った。

「指の皮が爛れるってことは、樹液か蕁麻ですかね。医局から取ってきたのかな？　虫や蛇を置くだけじゃなく、とうとうそこまできましたか」

「蛇⁉　あなたどうして平然としていられるのよ」

慈南さんが呆れた目を向けてくる。

虫はどこにでもいるものだし、蛇は使い道があるからいいんですよと言ったらさらに呆れられそうなので苦笑いでごまかした。

何となく気づいてはいたけれど、慈南さんは私への嫌がらせには関与していないみたい。ほかの女官たちに対して仲間意識のようなものは持っていないのだと感じられた。

「慈南さんは、なぜ私に危ないって教えてくれたんです？」

話しかけられたのはこれが初めてで、今までも私が一方的に挨拶をするだけだった。

先日初めて挨拶を返してくれたけれど、世間話をするような仲にはほど遠い。今回だって、ほかの女官たちに疎まれる危険を冒してまで私に忠告する必要はないと思うのに。

私が尋ねると、慈南さんは少し申し訳なさそうに目を逸らす。

「さすがにやりすぎだから……。あなたはきちんと仕事をこなしているのに、怪我をさせられるのは可哀想だと思ったのよ」

慈南さんの言葉に私は嬉しくなる。

仁蘭様！　私が真面目に仕事をしていたことを見ていてくれた人がここにいますよ！

ここへ潜入した直後、女官の仕事ばかりするなと暗に叱られたけれど、今こうして慈南さんが私に声をかけてくれたことに胸がじんとなる。

「ありがとうございます！　慈南さん」

満面の笑みでお礼を伝えると、彼女は気まずそうにして黙っていた。

「では、扉の掃除をしてきます。多分、拭いてしまえば大丈夫なので」

ここで話しているのを女官たちに見つかったら慈南さんの立場が危うくなる。そう思った私は早々に去ろうとしたが、背を向ける前に呼び止められた。

「あ、待って」

「はい」

「この間、あなたが赤髪の尚書と一緒にいるのを見たの」

「っ！」

仁蘭様のことだ。

私はうまい言い訳が見つからず、愛想笑いを浮かべたまま黙り込む。

「あの人には近づかない方がいい」

「……え？」

慈南さんは真剣な顔で続けた。

「前にここで仕えていた女官も、ときおりあの人と会っていたの。そのときはどうでもいいと思って気にも留めなかったけれど、その女官は突然いなくなったわ」

ん？　どうやら私が仁蘭様の命令でここへ来たことは気づいていないようだった。

その口ぶりから、どうやら美明さんがいなくなったのは仁蘭様が関わっていると思っているみたいで――――。

「もう会ってはだめよ。あなたも連れ去られるかもしれない」

仁蘭様！　誘拐犯だと思われていますよ！

これは彼の名誉のために否定した方がいいのか、あぁ……でも私が仁蘭様と通じていることは明言しない方がいいはずだ。

どうしよう。

迷った挙句、私は慈南さんの勘違いを正さないことを選んだ。

「そうなんですね！　道に迷ってしまって助けてもらっただけなんですが、私もこれから気をつけます」

ごめんなさい、仁蘭様！　不審者のままにしておいてごめんなさい！

心の中で精一杯謝罪する。

せっかく私に歩み寄ってくれたのに、慈南さんに正直に話せないことも心苦しかった。

慈南さんは本当は優しい人で、後宮で生きていくために色々と見て見ぬふりをしなければいけないのだろう。ほとんどの女官が生涯をここで過ごすことを思えば、正義感を振りかざしてこの人を責める気にはなれない。

「あの、いなくなった女官というのは美明さんという方でしょうか？　その人について聞きたいんですけれど」

「え……？　もしかして知り合いだった？」

「いえ！　宮女たちから聞いてちょっと気になっていて……」

あくまで女官になってから知ったという体を貫く。

「私みたいに女官の皆さんとうまく関われていなかった、というわけじゃなさそうなのに、どうしていなくなったのかなぁって不思議で」

宮女たちからは、美明さんについて大した情報は得られなかった。

目立った揉め事はなかったはずで、でも慈南さんなら何か知っているかもと期待を抱く。

「赤髪の男性と一緒のところを見たというのは初めて聞いたので、それ以外にも何かご存じないかなぁと思いまして」

ただの興味本位だという風に尋ねる私に、慈南さんは何かを思い出しながら答える。

「特にそれ以外は……。宴の夜を最後にいなくなったから、てっきりあの男と駆け落ちでもしたのかと思ったのよ」

「駆け落ち」

仁蘭様と美明さんが一緒にここから？

実際の出来事ではないけれど、想像するとまた少しもやっとする。

「でも、美明がいなくなった後もあの男の姿は見かけたし、しかもあなたと一緒にいるのを見たから……もしかすると美明は連れ去られてどこかに売られたんじゃないかって」

慈南さんは、仁蘭様を相当警戒していた。

悪いイメージが膨らんで、人攫いだと認識している。

彼女の話を聞いていると、ふと疑問に思うことがあった。

「美明さんって宴の夜にいなくなったんですか？　それからは誰も姿を見ていない？」

私たちは、茉莉繍球を見つけたことでそれに気づいた。けれど、女官たちの認識では宴から数日後にいなくなった……ということになっているのでは？

慈南さんは少し躊躇いがちに言った。

「後宮の管理局が美明のことを聞き取りに来たとき、喜凰妃様が『宴の後も美明はいたわ』っておっしゃったから、皆それに倣ったのよ。喜凰妃様にそれは記憶違いだなんて言える人はここにいないから」

管理局は、ただ聞いた通りに報告を上げただけ……。

やっぱり喜凰妃様はわざと美明さんの失踪した日を偽ったのだ。

あの笑顔に裏切られた気持ちだった。

「こんなこと聞いてどうするの？」

「いえ、何となく気になっただけです」

私はそう言い切るも、慈南さんは「本当に？」と少々疑っている様子だった。それでも、再び忠告してくれる。

「余計なことは詮索しない方がいいわ。上の方々の機嫌を損ねたら困るのはあなたなのよ」

そう言うと、慈南(ジナ)さんはくるりと背を向け歩いていってしまった。最後に語気を強めたのは、私を案じてくれているからだとわかる。

こんな状況でなければ仲よくしたかったけれど、それは叶わないことだ。

彼女の忠告に感謝し、私も廊下を去った。


慈南(ジナ)さんからの情報を得て、女官として与えられた部屋の扉をきれいに拭いた後。

私は流千(ルーセン)と神獣様の様子を見に、密かに自分の宮へと戻った。

空には丸い月が浮かんでいて、黄金色がとても美しい。

食事は運んでもらえる分があるし、今朝は私が仕事に出る前に流千(ルーセン)が食べたいと言った醬大骨(ジャンダグ)や緑豆の粥をたくさん作って鍋に置いてきたからそこは問題ない。

流千(ルーセン)はちゃんと神獣様のお世話をできているかな？

二人がじゃれているところを想像すると、自然に笑みが浮かぶ。

けれど、私が宮に戻ってきて見た光景はまた別のものだった。

「妃の寝台で寝る仙術士がどこにいる？　休むなら神獣と一緒に宮廷へ来てそこで休め」

私の部屋で、寝転がる流千(ルーセン)の掛け布を強引に引っ張っているのは仁蘭(ジンラン)様だ。久しぶりに鬼の形相で流千(ルーセン)を睨んでいる。

流千(ルーセン)は神獣様と共に寝台の上にいて、掛け布を摑んで必死の抵抗を見せていた。

「いーやーでーすっ！　僕がどこで寝ようと仁蘭(ジンラン)様には関係ないですよね！　第一、仁蘭(ジンラン)様だって一度采華の寝台で寝たじゃないですか！」

「あれはおまえが召喚なんぞしたからだ！」

「ちっ……覚えていたか」

仁蘭様と流千の攻防はしばらく続き、私と神獣様はそれを無言で見つめている。

おそらく流千は自分の部屋が散らかりすぎてこっちで寝ていたのだ。私は気にしないけれど、仁蘭様は品位にこだわる方だからこんなに怒っているのだろう。

「まだ弱ってるのに酷いです」

「十分に回復したように見えるが？」

「え〜、わかりましたよ。仕方ないですね、采華の作った醤大骨を食べたら行きます」

「にゃ」

「あんな濃いものが食べられるなら元気だろうが」

言われてみれば、豚の骨付き肉を甘いたれで煮込んだ醤大骨は、療養中の人が口にするものではない。ただ食べたいだけなのでは……？

渋々といった顔で起き上がった流千は、扉の前にいる私を見つけ「あれ、来たんだ？」と言って笑った。

こちらに駆け寄ってきた神獣様を抱き上げた私は、「ただいま戻りました」と笑顔で告げる。

「仁蘭様、いらっしゃいませ」

「………あぁ」

振り返った彼はこちらをじっと見てきて、なぜか不自然な間もあった。

何かあったのだろうか？

私も思わず見つめ返すが、その表情からは何もわからなかった。

「今日は史亜(シア)様は一緒じゃないのですね。流千(ルーセン)を宮廷に、とは？」

ここで保護するのではだめなのだろうか？

この古びた宮は神獣様にふさわしくない上に、警備上の問題があることはわかっているのだけれど……。ここを出たらもう神獣様に会えなくなるのかと思い、少し寂しく思った。

「流千(ルーセン)がまだ療養を必要とする状態なら、神獣と共に宮廷で匿った方がいいと思ったのだ。それに、おまえの寝台で寝るようなやつをここに置いておくのもよくないだろう」

「え？　私は構いませんよ？」

「……俺がよくない」

よくないのか。やはり仁蘭(ジンラン)様は品位に厳しい。

そりゃあ私は妃という立場ですけれど……少し不貞腐れてしまう。

流千(ルーセン)は寝台に腰かけ、腕を大きく広げて伸びをする。寛いだ空気を放つ流千(ルーセン)を、仁蘭(ジンラン)様がじとりとした目で睨んだ。

「んー、諦めて宮廷へ行きますか。あ、采華(サイカ)。醬大骨(ジャンダグ)、まだ残ってるから一緒に食べようよ」

「あれを？」

流千(ルーセン)に誘われたものの、今これから脂でベトベトの醬大骨(ジャンダグ)を手掴みで食べるのかと思うと躊躇ってしまう。

仁蘭様のいるところであれを……？

なぜか恥ずかしくなり、「私はいいかな」と断る。

「みゃあ」

「神獣様はたくさん食べて大きくなりましょうね」

何でも食べる神獣様は、嬉しそうに尻尾を振っていた。ぴょんと私の腕から飛び下り、廊下を走っていく。

流千は立ち上がるとその後を追い、一緒に厨房へと消えていった。

部屋は私と仁蘭様だけの二人きりになる。

「あの、お茶を淹れましょうか？」

仁蘭様がここで自ら何かを口にしようとしたことはない。史亜様がいらっしゃったときは、渋々といった様子で亀料理を食べたけれど……。

お茶を出したところで飲まないだろうなと諦め半分で言ってみれば、予想外の答えが返された。

「あぁ、もらう」

「えっ」

「どうした？」

「いえ、あの、仁蘭様はいつも警戒なさっているので珍しいなって」

意外なことがあるものだ。

驚く私にゆっくりと近づいてきた仁蘭様は、困ったように目を細めて笑った。

その瞳が優しくて、心臓がどきりと音を立てて跳ねた気がした。

こんなの仁蘭様じゃない。何かがおかしい……！

見つめ合っていると緊張感が高まり、胸が苦しくなった。

「おまえに言っておきたいことがある」

しっかりと視線が絡み、目を離すことができない。

今にも逃げ出したい心地なのに、一歩も動くことができなかった。

「な、何でしょう？」

うわずった声で尋ねる。

仁蘭様は、静かに落ち着いた声音で言った。

「目的を果たすまで解放してやることはできないが、おまえにはもう勝手に傷つく権利もなければ死ぬ権利もない」

「は？」

どういうことなの？

私は瞬きも忘れて仁蘭様のお顔に見入る。

美しい人の真顔は怖いと仁蘭様と出会って知ったけれど、今は恐ろしいとは思えなくて、こちらの反応を窺っているように感じた。

私がちゃんと理解したか不安に思っている？

まったく理解できていないですよ！

傷つく権利もなければ死ぬ権利もないって、それはもはや取引ではなくただの支配なのでは？

最初に言われた『死んだらそれまで』から『死ぬ権利もない』に変わったのは、いいことなのか悪いことなのかもわからなかった。

私の反応の鈍さに、仁蘭様も次第に戸惑いの色を滲ませる。

いやいや、戸惑うのはこっちですからね⁉

「すみません、意味がわかりません」

「…………」

しばらくの無言の後、仁蘭様は改めて言った。

「くれぐれも無茶はするな」

「わかりました……」

今度はいきなり優しくなったので、私はますます混乱する。

仁蘭様は一体どうなさったのだろう？

実はちゃんと優しいところもあるのだと知っていても、いざ面と向かって「無茶するな」と言われたら素直にお礼も言えなくなってしまった。

もどかしい思いで俯いていると、さっき厨房へ向かった流千がまた戻ってきて声をかけてくる。

「采華、せめて粥は食べていけば？　女官たちにまたいつ食事を抜かれるかわからないよ？」

その一言ではっと思い出す。

そうだ、女官といえば慈南(ジナ)さんだ。

「どうした？」

顔色を変えた私を見て、仁蘭(ジンラン)様が尋ねる。

せっかく仁蘭(ジンラン)様と流千(ルーセン)が揃っているのだから、今ここで話しておかなければいけない。

私は顔を上げ、やはり美明(ミメイ)さんは新年の宴の夜にいなくなっていたことを伝えた。


黒檀の卓上に、温め直した醤大骨(ジャンダグ)と粥、それに私が淹れた熊笹(くまざさ)茶の器が並んでいる。

話が一段落したところで、飲み頃になった薄い色の茶に皆で口をつけた。

「……この味はあまりなじみがないが、うまいものだな」

仁蘭(ジンラン)様の感想に、私は笑顔で答える。

「後宮の西側に生えている熊笹を使って茶葉にしました。寒さに強いので私がここへ来たばかりの頃でもたくさん自生していたんです。滋養にいいと言われている葉をタダで手に入れられてありがたいです」

「おまえが作ったのか？」

「はい」

乾かして水分を抜くのは、流千(ルーセン)の仙術で工程を省略している。

一人で作っているわけではないが、後宮の敷地内を歩いて熊笹を採ってきたのは私だった。

「茶葉は高いですからね。その辺りで手に入る草木を探しています」

「その辺りで」

仁蘭様はやや呆れていた。

名家のご子息にとっては、これもまた亀と同じく『出所のわからない怪しいもの』なのかもしれない。

「安全性の確認は取れているのか?」

「もう何度も飲んでいるので大丈夫ですよ。仁蘭様がご不安でしたら別の茶に……」

「俺ではなく、おまえだ。もっと慎重になれ」

まるで私の身を案じるようなことを言い始めた仁蘭様に、一体どんな心境の変化があったのかと困惑する。

骨付き肉を頬張る流千は、茶を呷るようにして一気に飲んでから言った。

「死んだらそれまで、なんでしょう? だったらいちいち警戒せずに何でも飲み食いしてもいいじゃないですか」

「くだらない死に方はまた別だ」

「わがままですね?」

「………話を戻そう」

仁蘭様は流千を横目に見ていたが、私の方に向き直る。

「美明が新年の宴の夜にいなくなったのは、采華が話したその慈南という女官から証言が取れたということだな?」

「はい、そうです」

後宮において、しかもあの宮では特に喜凰妃様の発言は絶対である。

彼女が「美明は新年の宴の後もここにいた」と言えば、皆はそれに同調する。管理局は聞いた通りに報告したということが確実になった。

流千が次の肉を手で摑み、仁蘭様に尋ねる。

「喜凰妃様は、あえて嘘をついたんですよね？」

「だろうな。女官がいなくなればさすがに気づく」

「そりゃそうだ。十人しかいない女官が足りなかったら気づきますよね」

「あぁ、うっかり間違えたというには無理がある。……やはり俺たちの見立て通り、喜凰妃は美明の失踪に絡んでいる」

あんなに優しそうな方なのに、人に言えないことをしているの？

私の胸中は複雑だった。

「喜凰妃が美明の失踪した日を偽ったのはこちらの捜査の攪乱と、仙術のことが明るみに出たときにうまく言い逃れするためだろう」

「隠さなきゃいけないような術を使ったってことですよね。何かな……気になる」

流千は好奇心をそそられていた。

「美明さんはあの夜何かを見てしまった。だから連れ去られたんじゃないかと思っていましたけれど、もしかして喜凰妃様は僕たちと同じく皇帝陛下を召喚しようとしていたとか？」

「それはないって話だったよね？　流千（ルーセン）」

あんな無謀なことをするのは私たちくらいだ。

第一、大がかりな仙術はほかにもたくさんあると流千（ルーセン）の方が私より知っているはずだ。

仁蘭（ジンラン）様は呆れた目を流千（ルーセン）に向けて言った。

「そんなことをするのはおまえたちだけだ。だいたい、召喚したところで願いを聞いてもらえるなんてどうして思えたのか、不思議でならない」

「おっしゃる通りで……」

仁蘭（ジンラン）様の辛辣なご意見に、私と流千（ルーセン）は揃って目を逸らす。

普通に考えればわかることでも、あのときはとにかく必死でまともな判断力がなかったのだ。

あぁ、仁蘭（ジンラン）様の視線が痛い。

しばらく私と同じように黙っていた流千（ルーセン）が、ぽつりと呟いた。

「本当なら皇帝陛下は妃と共に新年の宴を過ごすはずなのに、『こんな日にも後宮に来ないなんて！』と逆上して仙術で陛下を操ろうとしたとか？」

「陛下を操るってそんなことができるの？」

「言霊で相手を縛って、思いのままに動かすなら可能だと思うよ。ただし、贄として人間や動物が必要になる」

「贄!?」

あまりの恐ろしさにぞくりとする。

どうしてそんな発想になったのかと顔を顰めるものの、人の命の軽い後宮でなら、そういったこともあり得ないことはないと思ってしまった。

でも流千（ルーセン）は私の視線に気づき、あははと笑って否定した。

「あ、思いついただけだから！　だいたい、美明（ミメイ）さんが生きていることは護符でわかっているんでしょう？　さすがに贄として使ったら死んじゃうよ」

「……本当に？」

「それは絶対にそうだよ！　僕の知ってる限りだけれど」

一度芽生えた不安は簡単には消えなかった。

流千（ルーセン）の言葉に少しは納得できたけれど、美明（ミメイ）さんが今どうしているかと思うと心臓がぎゅっと掴まれるような心地になる。

そうだ、私より仁蘭（ジンラン）様だ。仁蘭（ジンラン）様にとっては大事な人なのだから、私よりもよほど心配だろう。

ちらりとその顔を盗み見るけれど、心の内はわからない。

苦しいとかつらいとか、少しくらい言ってくれてもいいのに……。もっと頼ってほしいと思ってしまった。

「みゃあ」

すぐそばで鞠を追いかけて遊んでいた神獣様が、私の膝にやってくる。

頭と背中を撫でれば、気持ちよさそうに目を閉じた。

その様子を見ていると、不安に駆られた気持ちが少しだけ和らいでいく。

うん、私は私にできることをするって決めたんだ。

「仁蘭（ジンラン）様、私はもう一度慈南（ジナ）さんと話してみます。彼女なら、喜凰（きおう）妃様のことも何か知っているかもしれないので」

「ええっ、やめておきなよ采華（サイカ）。もう手を引いた方がいいよ」

先に反応したのは流千（ルーセン）だった。

これ以上は危険だからやめておけ、目がそう言っていた。

しかも仁蘭（ジンラン）様も、眉を顰めて私を止める。

「あとのことは俺たちが地下を調べる。おまえはここでおとなしくしていろ。美明（ミメイ）の行方を知るきっかけにはなったから、取引はしばらく停止する」

「そんな……！　でも私がいきなりいなくなったらそれこそ怪しくないですか⁉　慈南（ジナ）さんには私が仁蘭（ジンラン）様と一緒にいたのを見られていましたし、私がいなくなったことをきっかけにそのことが喜（き）凰（おう）妃様の耳に入れば、仙術士が恐れて証拠を隠してしまうかもしれません」

仁蘭（ジンラン）様は相変わらず「死んだらそれまで」の主義なのかもしれないけれど、私たちが怪しい動きをしていると仙術士に思われれば邪魔されないよう消してしまえ、なんてことになるのでは……？

仁蘭（ジンラン）様に何かあれば、私はきっと後悔する。

私の火傷の手当てを手伝ってくれて、呪われた流千（ルーセン）に神力を分け与えてもいいと言ってくれたこの方を今度は私が助けたい。

大した力にはなれないとしても、せめて彼が地下を調査する時間稼ぎくらいはさせてほしかった。

「自重しますから、女官として喜凰妃様の宮には行かせてください」

仁蘭様はずっと険しい顔つきで、流千もまた不満げな顔をしている。

「今まで通り、書物を運んだり代筆の仕事をしたりするだけですから。お願いします！」

決して勝手に動くことはない。次にやめろと言われたら、ちゃんと引き下がる。

女官たちからの嫌がらせも、まだ対処できる範囲内だから大丈夫だ。

「私なら平気ですから！　警戒しながらおとなしく日々を過ごします！」

そう何度も誓って、ようやく二人は渋々ながら納得してくれた。

「う～ん、それならまぁ」

「もうしばらくの間だけだぞ」

ほっと胸を撫で下ろす私。

しかし仁蘭様は悔しげに目を細め、刀の柄に手をかけて低い声で言った。

「少しでも異変があれば全員を葬るからな」

「やり方が極端ですね⁉」

私の行動に全員の命がかかっている⁉

ここにきて急激に責任が増し、緊張感が高まるのを感じた。

翌朝、私は素知らぬ顔で喜凰妃様の宮へ向かった。

掃除をしている宮女たちにおはようと声をかけ、いつも通りの樹果を装う。

廊下を歩けば庭の木々の根本にハコべの白い花が増えていることに気づき、本格的に春が来たなと思った。

「おはようございます、喜凰（きおう）妃様」

「おはよう、今日も元気ね。あなたの笑顔を見ると嬉しくなるわ」

「光栄です」

朱色の生地に薄紫色の糸で花模様をあしらった襦裙を纏った喜凰（きおう）妃様は、今日も眩（まぶ）しいほどに美しい。何もかも私たちの勘違いなのではと思うほど、この方は清廉に見えた。

でもこれは本当の笑顔ではないのよね……？

優しい言葉をかけられるほどに疑心暗鬼になっていく。

「あぁ、そうだわ。昨日から豊賢（ほうけん）妃様がお風邪で宮に籠っているらしいの。誰か、彼女の宮に体にいいお茶と明るい色のお花を持っていってあげて」

「かしこまりました」

女官長は恭しく頭を下げ、喜凰（きおう）妃様の命令に従う。

私には今日も代筆の仕事が割り振られ、喜凰（きおう）妃様への挨拶を終えるとすぐに別室へ移動する。

慈南（ジナ）さんとは廊下ですれ違ったが、目も合わなかった。ほかの女官たちに悟られないよう、昨夜のやりとりはすべて「なかったこと」になったのだと理解する。

こんな調子では再び話を聞くのは難しそうだ。仁蘭（ジンラン）様に言われた通り、おとなしくしながら機会を窺うしかないか――――。

と思っていたら、角の部屋から出てきた女官とばったり出くわす。

「わっ」

「きゃあ！」

ぶつかりそうになって、二人して悲鳴を上げた。私は持っていた文箱（ふばこ）を落としそうになり、咄嗟に胸に抱える。

突然部屋から出てきたのは、笙鈴（ショウリン）さんだった。私が流千（ルーセン）と蔵に閉じ込められたとき、あそこへ行くように誘導した女官である。

私に気づくと、笙鈴（ショウリン）さんは気まずそうな顔をした。

ほかの女官たちに命じられて仕方なくあんなことをしたんだろうけれど、さすがにきれいさっぱり忘れることはできない。

私は無言で立ち去ろうとするも、笙鈴（ショウリン）さんの左手が指先から甲にかけて赤くなっているのに気づき足を止めた。

「それは？」

「あ……」

笙鈴（ショウリン）さんは、ぶつかりそうになったことで捲（めく）れてしまった袖をさっと元に戻し、衣の中に隠した。

目を伏せて黙り込む彼女の反応から、ある程度の予想はつく。

「私の部屋の扉に何か塗ったのはあなたね？」

「っ！」

昨夜、慈南さんが警告してくれたとき、扉に細工した犯人が誰なのかまでは教えてくれなかったけれど、その話していた女官というのは笙鈴さんだったのだろう。

塗るときにうっかり自分にかかってしまったのか、笙鈴さんの手は見事にかぶれている。

私は文箱を廊下に置き、少々強引に笙鈴さんの手を取った。

「やだっ！　見ないで、やめて！」

「そんなこと言っている場合？　こんなに赤くなって湿疹まで……かなり痛むでしょうに」

「………」

「医官に見せなかったの？　これだけの症状が出ていたら薬をもらえるでしょう？」

症状を見せれば、塗り薬くらいはもらえるはず。

私は話しながらも、彼女の左手を裏返して指先や手首全体まで確認した。

笙鈴さんは涙目で答える。

「理由が言えない怪我は診てもらえないわ……」

なるほど。確かになぜこんなことになったのかを説明するには、私にしようとしたことを話さなければならなくなる。

医官が女官らに苦言を呈することはないとはいえ、笙鈴さんからすればとても言えなかったのだろう。私への嫌がらせは許せないけれど、この人もまた被害者なのだ。

「こっちへ来て」

私は文箱を再び持ち、笙鈴さんにそう言った。

彼女は少し迷ったそぶりを見せるも、おとなしく私の後ろをついてくる。

後宮の裏庭に出るとそこら中に広がっているハコベのそばでしゃがみ、笙鈴さんを振り返った。

「あの……？」

「この草をたくさん集めて搾って、その汁を赤くなっているところに塗ればいいわ。かぶれたときに塗れば、痛みや痒みが治まることがあるとされているから」

笙鈴さんは半信半疑といった様子で、ハコベと私の顔を交互に見る。

きっと「本当に効くのか？」とか「どうしてこんなことを教えてくれるのだろうか」と思っているに違いない。

私は立ち上がり、笙鈴さんを見下ろして言った。

「怪我人は助けるって決めているの。小さな怪我が命を脅かすときだってあるんだから、自分の体は大事にして」

笙鈴さんは俯き、唇を噛んでいたがこくりと頷いた。

同情などいらないという気の強さと、でもそうも言っていられないくらい痛い……ということが伝わってくる。

今もなお謝らないのはどうかと思うが、この状況でこの気の強さを保てるところは感心してしまった。

「あなたたち、何をさぼっているの‼」

突然、厳しい声が飛んできて私たちはびくりと肩を揺らす。

廊下に目線を向ければ、そこにはこちらを睨む女官長がいた。ただ庭先に出ていただけなのに、なぜか鬼気迫る様子で私を睨んでいる。

「おまえには罰を与える！　こっちへ来なさい！」

「えっ⁉」

女官長はまっすぐに私のもとへ近づいてきて強い力で腕を掴み、宮の中へ連れ戻す。まるで笙鈴さんのことなど目にも入っていないようで、その場に置き去りにした。

罰を与えるって一体どんな⁉

後宮には懲罰室があるのを思い出し、そこで監禁されるのか鞭打たれるのかと色々な想像が頭を巡る。

仁蘭様に自重すると言ったそばからこんなことに……！

「あ、あの」

笙鈴さんが青褪めているのが目に留まる。

私は女官長に引っ張られながらも彼女に言った。

「それ！　捽って塗るのよ！」

「今そんなこと言っている場合⁉」

笙鈴さんは慌てふためいていた。でも、彼女に私を助けることはできない。

自分のことは自分で何とかしなきゃ……！　どんな言い訳をすれば軽い罰になるだろう？

私は必死で考え続ける。大した言い訳が思いつかないまま女官長に連れてこられたのは、予想していた懲罰室ではなかった。

豪奢な竜の飾り細工に、天井から吊るされた漆黒の御簾。

喜凰妃様の宮の中でもまだ入ったことのない部屋だった。

「おや、いかがしたかな？」

中にいたのは、仙術士の禅楼様だ。薄青色の褊衫の上に右肩から黒い如法衣を合わせた姿で、黒檀の椅子に座って机に向かっている。

突然やってきた私たちを見ても、迷惑そうな顔をすることもなく穏やかな顔つきだった。この人が流千に罠を……と思い出すと、笑顔の裏にある残酷さが恐ろしくなり私は咄嗟に身構える。

女官長は私の腕を掴んだまま、禅楼様に突き出すかのように後ろから強く押す。

「禅楼様、どうかお力をお貸しください。この子はきっと悪いものに憑かれているのです！　働きが悪いし反省する様子もなく、女官たちと揉め事を起こしています！」

「私は何にも憑かれてなんて……それに揉め事も起こしていません！」

私は慌てて反論した。

でも女官長は聞く耳を持たない。

「ほら、このように生意気でかわいげもない！」

「それは生まれつきでは!?」

「鬼病に違いありません！」

「私はいたって健康です！」

薬を飲みたがらない人の間では『病は鬼が引き起こすもの』と信じられていて、回復が難しい病に罹るとそれを『鬼病』と決めつける。

まさか私がそうだと言われる日が来るとは。

さすがに酷いと思って否定するも、女官長は私を摑む手を緩めず「この者は罰しなければ」とさらに憤っていた。

「喜凰妃様はお優しいので注意なさらないのです。禅楼様からきつい罰を与えていただきたく、ここへ連れてきました！」

禅楼様はしばらく黙って聞いていたが、小さく息をついた。

「少し早いが、新しい術を試すにはちょうどいい」

人を虐げることを喜んでいるかのような目にぞっと背筋が凍る気がした。

さっきまでの穏やかな笑みとは大違いで、初めて見る恐ろしい顔だった。

この人は、私のことを同じ人間だとは思っていない。そう直感する。

「新しい術……？」

一歩下がろうとしたものの、女官長にしっかり摑まれていて逃げられない。

必死になって身をよじるけれど、白い呪符を持つ禅楼様の右手が私の眼前に翳されてすぐ、強烈な眠気に襲われる。

今眠ってはだめ……！　ここから逃げないと……！

瞼を開けていられなくなり、全身の力が抜けていくのがわかった。

空気が冷たい。

どこからかヒューという風の吹く音がして、水の流れる音も聞こえてくる。

朦朧とする意識の中で、私は自分がいつもと違う場所にいることに気づき始める。

床の冷たさに顔を顰めたところで、誰かに呼ばれた気がした。

――華、采華！

上半身が持ち上げられ、誰かが私を腕で抱えて名を呼んでいるのがわかる。

重い瞼をゆっくり開けると、目の前に仁蘭様の顔があった。

なぜこんなにも焦っているのだろう？

ぼんやりとした目で仁蘭様を見つめる。

あぁ、これは夢……？

震える右手をそっと彼の頬に当て、そしてその確かな感触に驚いて目がぱちりと開いた。

「え？」

「采華！　目覚めたか」

本物⁉　夢でも幻覚でもなかった！

咄嗟に右手を引こうとして、大きな手にしっかりと包み込まれてどきりとする。

「俺がわかるか？」

「わ、わかります……！」

今まで寝ていたのに、また意識が遠ざかりそうになる。

でも心臓が激しく鳴っていて気を失うことも叶わない。

「どうしてここに仁蘭様が⁉　私は女官長に捕まって、禅楼様に……」

混乱する頭の中を整理する。

私はついさっきまで喜凰妃様の宮にいたはずなのに、目が覚めたら仁蘭様の腕の中とは一体どういうこと？

「ここは、例の地下だ。俺が調査をしていたら、武官が袋に入れたおまえを担いでここへ来た」

「武官？」

まったく記憶がない。

私はきょとんとした顔をする。

話を整理すると、禅楼様の術で眠らされた私は武官によってここに運ばれたということか……。

目覚めたときに地下で一人だったら？　想像すると怖くなって身震いする。

仁蘭様が私を見つけてくれて本当によかった。

この冷たい地下で、仁蘭様のぬくもりがあることにほっとした。

「女官長から罰を与えると言われ、禅楼様のところへ連れていかれたんです。そういえば、『新しい術を試すにはちょうどいい』って禅楼様が言っていました。眠らせるのが新しい術ってことですか？」

正気ではないあの目を思い出すと、ただ眠らせるだけではない気がする。

私の話を聞いた仁蘭（ジンラン）様はぽつりと呟くように言った。

「……禅楼（ゼンロウ）はおまえを贄にしようとしているのかもしれない」

「私を贄に⁉」

以前、流千（ルーセン）がぽろっと口にした予想がここにきて真実味を増す。

人間を仙術の贄にするなんて、しかも自分が使われようとしているなんてぞっとする。

体はまだ思うように動かないのに、恐怖で手が震えていた。

仁蘭（ジンラン）様はそれをぎゅっと強く握り、私の頭に頬を寄せる。

「おまえは生きている。贄になんてさせない、大丈夫だ」

「はい」

「こんな目に遭わせたくなかった。俺のせいだ」

片腕とはいえ抱き締められるような体勢で、仁蘭（ジンラン）様らしからぬ言葉が続く。

これもすべて夢だと言われた方がまだ理解できるのに、触れる感触や温度が現実だと伝えてくる。

私はこの腕を頼っていいの……？

道具なんかじゃなく特別に想われている気がして、胸が熱くなる。

何もかも忘れて、この腕に縋ってしまいそうになった。

自分を労ることを知らない仁蘭（ジンラン）様を何とかしてあげたいと思ったけれど、助けられるのはいつだって私の方だ。

仁蘭（ジンラン）様には美明（ミメイ）さんがいるのに……どうして私が勘違いするようなことを言うのだろうか。

こんなときに思い出したくなんてなかった。

伸ばしかけた腕をそっと引き、気持ちを押し込める。

「立てるか？」

「あ……」

彼に支えられながら懸命に立とうとするも、足にまったく力が入らない。意識はしっかり起きているのに、体が重くてまだ眠っているみたいだ。

仁蘭様は私の腕を取り、当然のように背負ってくれた。

赤い髪が頬を掠め、自分とはまったく違う逞しい体軀に息が止まりそうになる。

「重いですよ!?」

「人は死体が一番重い」

「死体と比べないでください」

「おまえはまだ軽い、ということだ」

つまりそれは、仁蘭様は死体を背負ったことがあるということで。

「あまり危ないことをしないでくださいね？」

「おまえが言うか？」

「すみません……」

私は黙って背負われることにした。

仁蘭様は人ひとりを背負っているとは思えないほどしっかりとした足取りで、地下の廊下を進んでいく。

ときおり吹く風の音に紛れて人のすすり泣く声のようなものが聞こえてきたのは、移動し始めてしばらく経った頃だった。

「この声って……？」

地上へと続く階段の手前。まるで幽霊でもいるかのような、不気味な声が聞こえた気がした。

「ここは喜凰妃の宮に最も近い出入口だ。俺たちが最初に見つけた階段はもう少し先にある」

「これまで仁蘭様が地下へ入ったときも、ずっとこんな声がしていたんですか？」

「いや、俺がさっき通ったときは何も聞こえなかった」

でも今は確実に声が聞こえている。

風の流れに乗って聞こえてきているのだろうか？

周囲を見回しても扉らしきものはなく、あるのは少し斜めに傾いた壁掛けの灯りだけだ。

殺風景な壁に、やけに豪華な金縁の飾りの灯りがついていて気になった。

「調べるのは後だ。今はおまえを地上に戻す」

仁蘭様はそう言って階段を上がろうとする。

でも私はどうしても斜めになっている灯りが気になって仕方がない。「せめてまっすぐに……」

と思い、灯りに手を伸ばした。

――ガゴッ。

石が擦れる音がしたと思ったら、階段脇の壁が横にずれている。

「え」

「……おい」

二人の目線は、壁に向かっている。

仁蘭様は静かに怒りを込めた声を発した。

「前も『不用意に物に触れないように』と言わなかったか⁉」

「ですよね……！」

まさか灯りが仕掛けになっていたとは思わなかったから！

鬼上司復活の兆しに、私は「わざとじゃないです」と必死に弁明した。

しかしすぐに異変に気づいて耳を澄ませる。

「仁蘭様」

さっきより、聞こえる声が大きくなっている。

「この隠し部屋の奥で、誰かが泣いている……？」

仁蘭様は半開きだった扉を足で押し開き、中へと入っていった。

暗がりの中、少しずつ目が慣れてくるとここが牢屋であることに気づく。

鉄格子で区切られた牢はほとんどが空で、泣き声のする一番奥の牢にだけ座り込んでいるような人影がいくつも見えた。私に与えられた女官の寝所よりも狭い牢屋に、膝を立てて座っている。

すすり泣く声は数人の女性のもので、仁蘭様の足音が響くとそれは一斉に止まった。

こちらの様子を窺い、怯えている気配を感じた。

こんなところに女性たちが閉じ込められていたなんて……！

残酷な光景に私は絶句する。

「——誰なの？」

牢の中から、気丈な女性の声が聞こえてきた。

暗がりでも、まっすぐにこちらを見ている目が見える。

長袍(チャンパオ)に似た薄橙(うすだいだい)色の服を着て、後ろで白髪を一つに纏めた初老の女性だ。突然現れた私たちを、警戒心の強い眼差しで睨んでいる。

「その声は……美明(ミメイ)か？」

仁蘭(ジンラン)様は鉄格子の少し手前で立ち止まり、信じられないといった風に呟く。

美明(ミメイ)さんはまだ二十二歳のはずで、この女性とはどう見ても年齢が合わない。それなのに、仁蘭(ジンラン)様はこの方がそうだと確信しているようだった。

彼女もまた驚きの表情に変わり、皺が目立つ手で鉄格子を握って呆然とする。

「仁蘭(ジンラン)様？　本当に仁蘭(ジンラン)様なのですか？」

こちらを睨んでいると思っていたが、瞳をあちこちに彷徨わせる様子からどうやら目がよく見えていないのだと気づく。

仁蘭(ジンラン)様はそばに寄り、そっとその場に片膝をついて彼女の状況を確認した。私は床に座り、同じく美明(ミメイ)さんだと思われるその女性を見つめる。

私が仁蘭(ジンラン)様から聞いていた美明(ミメイ)さんの特徴は『黒目黒髪』『右目の下に小さなほくろが一つあり、

右手の親指の付け根に爪と同じくらいの痣がある』ということ。

目の前の女性は、髪以外その特徴に一致していた。

やはり、この方が美明さんなのだ。

仁蘭様がずっと捜していた大切な人。その人が今目の前にいた。

「美明」

「仁蘭様……！」

二人は鉄格子を隔てて、互いにじっと見つめ合う。

美明さんが見つかってよかった。

そんな気持ちを抱きながらも、私の胸はずきりと痛んだ。

見つめ合う二人を見ていられず目を逸らしそうになったとき、美明さんが興奮気味に問いかけた。

「陛下、陛下は⁉　玄苑様はご無事ですか⁉」

真っ先に聞くことがそれ？　と私は驚く。

忠義心のある臣下は、恋人より主君が気になるものなの？

美明さんはどうしても陛下のことが気がかりらしく、それに対し仁蘭様も当然のように答えた。

「陛下はご無事だ。変わりなく執政をなさっている」

「あぁ、よかった……！」

美明さんは鉄格子から手を離し、心から安堵した顔で大きな息をつく。

仁蘭様は、変わり果てた美明さんに驚きつつも慎重に問いかけた。

「これは一体どういうことだ？　おまえのその姿は一体……？」

牢の中にいるのは美明さんだけではない。全員がお婆さんと呼ばれるくらいの年齢に見える。

美明さんは、ほかの白髪の女性たちに目線を向けて言った。

「私のこの姿は、喜凰妃と禅楼によるものです。この牢にいるのは、後宮で働いていた女官や宮女たち。皆、私と同じく若さを奪われてここに閉じ込められています」

「若さを奪われる？」

仁蘭様が目を瞠る。

普通はそんなこと到底できない。しかし、仙術を使えばあり得ない話ではない。

「喜凰妃は禅楼に命じ、娘たちから若さを奪い己のものにしてきました。あの女は美しさこそすべてだと思っているのです。新年の宴の夜、私はようやく証拠を掴んだのですが……！」

美明さんは悔しげに俯く。

新年の宴の夜は、大きな仙術を使う絶好の機会だった。

禅楼様が宮女の若さを術で吸い取り、それを『気』として喜凰妃様に与えた。そのときに使われていたのが白い紙で作られた人型の呪符で、美明さんはそれを持ち出そうとしたところで捕らわれてしまったのだと話す。

そして仙術で若さを奪われ、ここに閉じ込められたそうだ。

「禅楼はなぜおまえを始末しなかったんだ？」

「想像ですが、殺せばせっかく奪った若さが失われる可能性があるのかもしれません」

「なるほどな……それで皆ここに集められているのか」

私が目で数えただけで二十人。こんなにもたくさんの女性たちが牢に閉じ込められていた。

すすり泣く者、諦めた目でぼんやりとしている者、壁にもたれて眠っている者……皆それぞれだが、仁蘭（ジンラン）様と私が現れても取り乱したり助けを求めたりしないところから絶望の深さを感じる。

「見張りはいないのか?」

誰かを閉じ込めるなら、普通は牢番など見張りを置くだろう。

私も仁蘭（ジンラン）様も誰にも会わずにここまで入ってこられたことが不思議だった。

「朝晩二回、水や食事を運んでくる者はいますが……そのときに私たちの数を数えて全員が揃っていることを確認しています。それ以外は特に誰も来ません。どうせ逃げられないと思っているようで見張りはいません」

ここには暴れる者もいないし、万が一逃げられたとしてもこの変わり果てた姿では自分の身分も名前も証明することができない。

わずかな灯りしかない地下では、時間すらわからない。

こんなところに閉じ込められたら、体は生きていられたとしても心が死んでしまう。

逃げる気力すら残っていないのだと、牢の中の女性たちを見ていればわかった。

「なんて酷いことを」

ぎゅっと目を閉じ、私は思わず呟く。

「美明（ミメイ）、ここを開ければ逃げられるか?」

仁蘭様は、青銅で作られた錠を見ながら尋ねる。

これも神力が鍵になっているようで、食事を運んでくる者たちは特殊な呪符を持っていると思われた。流千が作った呪符を使えば、今すぐにここを開けられる。

でも美明さんは小さく首を振った。

「もうここに閉じ込められてどれくらい経ったか……逃がしてもらったところでうまく歩けないでしょう。私も皆も同じです」

「だがここにいるわけには」

「もういいのです。……敵に捕まるなど情けなくて、どんな顔で戻ればいいのですか？」

「美明」

「仁蘭様、情けをかけるなら私を今ここで斬ってください。陛下のおそばに戻れたとしても、こんな体ではもう……」

自分のことが許せないのだと、美明さんは嘆いた。

この方は私と違い、皇帝陛下のためにという強い気持ちがある。譲れない信念や誇りがあるのだろう。

世の中には、無様に生き続けるよりも死んだ方が潔いとする人がいることは知っている。でも待っている人たちはどうなるの？

美明さんを大切な人だと言った史亜様の顔が頭に浮かぶ。

私は、せっかく見つけられた美明さんをこのままにしておくことはできなかった。

「仁蘭様、美明さんを背負って宮廷に戻ってください」

私は彼を見上げ、そうするべきだと訴えた。

「美明さんをずっと捜していらっしゃったのでしょう？　一刻も早く安全な場所へ連れていってあげてください。私が身代わりになって、時間を稼ぎます」

人数が減っていなければ、入れ替わったことに気づかれないかもしれない。

美明さんを帰した後、皇帝陛下のお力でここへ乗り込むことも可能だろう。

「おまえは何を……」

仁蘭様は息を呑み、驚いた顔で私を見つめていた。

「美明さんやここの女性たちのことを、早く皇帝陛下に知らせてください。私ならしばらく休めば、自力で歩けるようになると思うし、だから……」

「その確証がどこにある？　こんなところにおまえを置いていけと言うのか？」

「はい。そうです」

きっぱりと答える。

「俺が二人を背負っていけばいい」

「仁蘭様ならおわかりでしょう、それがいかに無謀なことか」

私はまだ一人では歩けないし、一緒に階段を上って逃げるのは無理だ。仁蘭様もさすがに二人は連れていけない。まして、誰かに出くわせば二人を守りながら逃げるのは困難だとわかりきっている。だったら、弱っている美明さんを先に連れていくのがいい。

「私という道具をうまく使ってください」

「っ‼」

仁蘭様は言葉を失っていた。戸惑いや悲しみが表情から見て取れる。

あぁ、その顔が見られただけで十分だ。

私を置いていけないと思ってくれているのがわかるから、それで十分だった。

仁蘭様は拳を握り締め、絞り出すような声で言う。

「おまえは道具なんかじゃない。だからこんなことはやめろ……！」

「道具でないなら、なおさら置いていってください。私は私の意志でこうしたいのです」

「約束したはずだ。『決して勝手に動くことはない。次にやめろと言われたらちゃんと引き下がる』

そう言っていただろう！」

今その話を持ち出すのはずるい。

しっかり覚えているとはさすが仁蘭様、と私は苦笑いになる。

どう説得しようかと悩んでいると、牢の中から美明さんの声が割って入った。

「あなたは女官？　見たことない顔だけれど」

「新人です。仁蘭様に雇ってもらいました」

「そう。仁蘭様の部下ならわかるでしょう？　……私は死をも覚悟の上で喜凰妃に近づいたのです。

だからここで果てたとしても本望なのです」

美明さんを見ていると、初めて会ったときの仁蘭様を思い出した。自分を労ることを知らず、「死んだらそれまで」と言い切る悲しい姿を。

この方も仁蘭（ジンラン）様と同じ考え方なのだ。

「だめですよ、そんなの」

助かるのに、自ら死を選ぶなんて絶対にだめだ。

だいたい、大事な人に斬ってくれだなんてどうして言えるの？　その後、どんな想いで仁蘭（ジンラン）様が生きていくのか考えたことある？

無性に腹が立った私は、美明（ミメイ）さんと向き合い負けじと言い返す。

「命が懸かっているときに諦めてはいけません。死をも覚悟の上でとおっしゃいましたが、私と仁蘭（ジンラン）様も、あなたを捜している人たちもそんなこと望みません。それに、美明（ミメイ）さんが生きて戻れば証人になれるのではないですか？」

「それは……！」

「美明（ミメイ）さんの証言があれば、皇帝陛下は喜凰（きおう）妃様の宮を調べることもできるはず。死ぬ覚悟より、生きる覚悟を持ってください。少なくとも、あなたがここにいるなら私も動きません！」

牢の中で、美明（ミメイ）さんが目を瞠るのが見えた。

私は絶対に譲らないという強い気持ちを態度で示す。

「采華（サイカ）」

仁蘭（ジンラン）様が私を呼ぶ。

彼の手を握ると、爪が食い込み血が出ていることに気づく。傷に触れないよう、そっとその手を握ってから「行ってください」と告げてそれを離した。

仁蘭様もきっとわかっている。

今できる最善は何なのか。その上で、私を助けたいと思ってくれているのだ。

彼の迷いや苦しみを嬉しいと感じてしまうなんて、私はどうかしている。

「おまえは何もわかっていない。俺が……俺がどんな気持ちでおまえをここに置いていくのか。おまえは何も……」

「わかりませんよ」

後宮のこと、宮廷のこと、それに皇帝陛下のことも何一つ知らなかった。何も知らずに妃になり、ずっと寂れた宮で暮らすことになったかもしれないのに、私は仁蘭様に出会えた。

「また会えたら、ちゃんとお叱りを受けますから。それに、仁蘭様のことも教えてください。仁蘭様がどんな風に生きてきて、何を好むのか……これまで聞けなかったことを聞きたいです」

できることなら、美明さんより史亜様より私が一番に仁蘭様のことを知っていたい。

たとえ報われなくても、これからもそばにいたい。仁蘭様が美明さんと共にいる姿を見続けることになっても、私は後悔することはないと思う。

「迎えに来てくださいね。おとなしく待っていますから」

精一杯明るく笑いかけると、彼は真剣な声音で言った。

「……必ず。俺はおまえを諦めるつもりはない」

仁蘭様は持っていた呪符で扉を開け、中にいる美明さんに肩を貸す。棒のように細い足首が裾か

ら覗き、その痛々しさに私は思わず顔を顰めた。

「申し訳ありません、自分で歩けもしないなど」

「しっかり掴まっていろ」

美明（ミメイ）さんは仁蘭（ジンラン）様に支えられ悔しそうな顔をしていたが、すぐに前を向き一歩ずつ足を動かし始めた。

「――あなた、名前は？」

「范采華（ハンサイカ）と申します」

「そう。この礼は今度会ったときに……だからそれまで無事でいるのよ」

「わかりました」

私は美明（ミメイ）さんの代わりに牢に入り、見張りが来るのを待つ。

人数をごまかすためではあるものの、囚われている女性たちの気持ちを思えばそれが最善だった。

私がここに残ることで「自分たちも助かる可能性がある」と期待でき、騒がれずに済むと思ったのだ。

私も打算的になったな、と心の中で呟く。

去り際、仁蘭（ジンラン）様が振り返る。鉄格子に隔てられた今は、手が届く距離にいても随分と離れてしまった気がした。

かける言葉が見つからず、私は小さく微笑んで二人を見送った。

大丈夫、また会える。仁蘭（ジンラン）様はきっと迎えに来てくれる。

全部解決して、またあの寂れた宮で流千(ルーセン)と三人でお茶を飲むのだ。
石造りの扉が擦れる音がして、それが閉まると一層暗さが深まった。

第八章　正体

今思えば、仁蘭(ジンラン)様との出会いは最悪だった。

皇帝陛下を召喚するつもりがとんでもない人違いをしてしまい、しかも何の因果か彼は溺れて衰弱していた。

目覚めたら目覚めたでひと悶着(もんちゃく)あり、助かりたければ仁蘭(ジンラン)様の命令に従うしかなくて。

冷たい目で「助けが来ると思うな」なんてよく言えたものだと今思い出しても震える。

それが今では大切な人になっているのだから、この心境の変化には自分でも驚いている。

私が後宮に入ったのは皇帝陛下に范(ハン)家の窮状を嘆願するためで、恋をするためではない。さらに言うなら、仙術士にどうにかされるためでは絶対にない。

するべきことはたくさんあるのだからこんな風に捕まっている暇はないのだ。

何としても無事に宮へ戻らなければ。

仁蘭(ジンラン)様が迎えに来たら「遅かったですね」くらいの文句は言わせてもらおう、そんなことを考えていた。

下弦の月に、薄く連なる雲がかかる。

美明（ミメイ）さんの代わりに牢の中にいた私は、見知らぬ武官によって祈祷殿へと連れてこられていた。

時間と共に回復した私は、今では自分の足で歩けるようになっている。

「もっと早く歩け！」

強引に私の腕を引っ張る男は、地下に運んだはずの私がいなくなったことに気づいて捜しに来たようだった。

禅楼（ゼンロウ）様に眠らされた私を運んだのもきっとこの武官だろう。

牢の中にいた私を見て「目を離した隙にこんなところに……！」と眉を顰めていた。動けるようになった私が逃亡し、牢に隠れていたのだと思ったらしい。

彼は時間がもったいないという様子で私を強引に牢から引っ張り出すと、手首を縄で縛って祈祷殿へと通じる隠し通路から殺風景な庭へ出た。

漆黒の門をくぐると、見張りの武官が三人立っているのが見える。

彼らは武官に怒鳴られる私を見ても顔色一つ変えなかったので、ここにいる者たちは禅楼（ゼンロウ）様の手下なのだと察する。

「……私はこれからどうなるのですか？」

この武官が私を捜しに来るまで、地下で騒ぎは起きていない。仁蘭（ジンラン）様と美明（ミメイ）さんは無事に宮廷に戻れたはず。

牢を出されてしまった今、仁蘭（ジンラン）様に私の居場所を伝えるすべはなく、平静を装っても不安な気持ちは高まっていた。

「禅楼(ゼンロウ)様がおまえをお呼びだ。俺が知っているのはそれだけで、これからどうなるかなんて知らないし知るつもりもない」

嫌みな言い方だった。

私が酷い目に遭ったとしてもどうでもいいと本気で思っているのが伝わってくる。

「あなたが私を見逃してくれることは？」

「ない」

「でしょうね」

わかっていたけれど、がっかりして視線を落とす。

祈祷殿の中へ入ると黒檀の柱がいくつもあり、ここにも武官が立っている。

牢を出てから逃げる機会を窺っていたけれど、どうやらそれは無理そうだった。

「この奥が祈りの間だ」

長い廊下を進んでいくと、奥に巨大な扉が見えてくる。蓮(はす)の花が彫られた豪奢な黒い扉は、病を患った妃が祈りを捧げる場所へと繋がっている。

本来は神聖な場所のはずなのに、今の私には薄気味悪く思えた。

扉の前にいた見張りの男が二人がかりでそれを開け、私たちはさらに奥へと進む。

そこには、真白い法衣を着た禅楼(ゼンロウ)様と朱色の襦裙を纏った喜凰(きおう)妃様がいた。

二人の後ろには立派な祭壇があり金銀の器や呪符などが並んでいて、嫌な予感がした私は初めて武官に抗い立ち止まる。

「よく来たわね、樹果。元気そうで嬉しいわ」

「喜凰妃様……」

この神々しいほどの美しさは、ほかの女性たちから若さを奪って保たれているものだった。

彼女は縛られた私を見てなお、いつもと変わらぬ微笑みを浮かべている。

今この状況でも笑顔でいられるなんて……。その不気味さにぞっとして肌が粟立つ。

皇帝陛下を待つ健気な態度も、新米女官の私に目をかけるような言動も、全部嘘だったんだ。わかっていたはずなのに、こうして対峙すると胸が苦しい。

武官は私を二人の前に連れていき、強引に膝をつかせた。

後ろ手に縛られているせいでうまく座れず、私は倒れ込んで左肩をぶつけてしまう。

「痛っ」

「あらあら、大丈夫？　困るわ、怪我でもしたら。あなたは健康で元気なところが贄にふさわしいのに」

喜凰妃様は、右手を頬に当て心配そうに言う。さらには武官に対し「大事に扱ってくれないと」と苦言を呈す。

こんな風に無邪気に女性たちから若さを奪ったのかと思うと愕然とした。

「なぜ……なぜ皆から若さを奪ったのですか？」

「あら、どこでそれを？　困った子ね」

眉をぴくりと動かした喜凰妃様は、知られたくなかったといった顔をする。

けれどそこに罪悪感はなく、私は悲しみと怒りが込み上げた。

「どうして……酷いと思わなかったのですか⁉」

「酷い？　そうかしら？　私は、ただ無駄に失われていくだけの若さをもらってあげただけ」

「もらってあげた？」

喜凰妃様は首を傾げて不思議そうに問い返す。

「美しい人がより美しくなった方がいいでしょう？　宮女たちは美しくある必要がないのだし」

「そんな理由で……？」

そんなことは理由にならない。この方はすでに正気ではないのでは？

肩の痛みに顔を顰めながらゆっくりと身を起こそうとすると、喜凰妃様はくすりと笑って私に近づいてくる。そして、髪を一束取って「艶があって素敵ね」と言った。

「樹果、知ってる？　どれほど手入れしようと、肌も髪も少しずつ枯れて美しさが色褪せていくの。皆は口を揃えて褒めてくれるけれど、私はそんな慰めより永遠に続く若さが欲しいわ」

「永遠なんて……」

無理に決まっている。

あまりに現実とはかけ離れた願望に、私は顔を顰めた。

「私はね、誰よりも美しくありなさいと言われて育ってきたの。美しければ何でも手に入るし、この世で最も幸せな女になれるって。それなのに……がっかりしたわ」

「何に、ですか？」

皇帝陛下が訪れないこと？

喜凰妃様は私の髪からするりと手を離し、視線を斜めに落とした。

「後宮入りしたら、皇帝があんなに老いていたんですもの。国中から崇められる皇帝なのに、ちっとも美しくなかったの。だから私、『いらない』って思ったわ」

喜凰妃様は満足げな笑みを浮かべ、また禅楼様の隣に戻っていった。

私は恐る恐る尋ねる。

「まさか、先帝様は喜凰妃様が……？」

流千が聞いてきたあの噂。六年前に亡くなられた先帝様は、実は孫大臣によって毒殺されたのではという不穏なものだった。けれど実際は――。

「お父様には叱られてしまったのよね。何の相談もせずに殺めてしまったから」

「なっ……！」

孫大臣は、先帝様を傀儡としていた。不和が生まれたならともかくとして、都合よく操れているのにわざわざ代替わりをさせる必要はない。

しかも、娘が寵妃となればさらに孫大臣の権力は増す。

喜凰妃様を後宮入りさせるところまでは、何もかもがうまくいっていたに違いない。

以前、私が見た喜凰妃様と話す孫大臣は不自然なほど娘の機嫌を窺っていた。

あのときは娘に対して負い目があるからかと思ったけれど、そうではなく……何をしでかすかわからないと喜凰妃様のことを恐れていた？

「新しい陛下はお若いでしょう？　私の三つ下ならちょうどいいわ。昔一度だけお見かけしたことがあって、とても愛らしいお姿で驚いたの。だから先帝様にはいなくなってもらった」

「だからって……人を殺めるなんて」

「直接手を下したわけじゃないわ。私のために動いてくれる人はたくさんいるのよ」

私を見下ろす喜凰妃様の目が細められ、妖しげに微笑む。

「あなたも私のために役立ってね？　その若さも美しさも、私がちゃんと使ってあげるから」

美しいはずの喜凰妃様が、初めて醜悪に見えた。

人を人とも思っていない口ぶりに、何も映していない瞳。彼女は自分だけを愛していて、自分のためだけに生きている。

すべては美しくあるため。私が見ていた、優しく健気な喜凰妃様はまやかしだったのだ。

「本当は何年か後に贄として使ってもよかったけれど、女官たちはあなたのことを疎んでいるし、禅楼が新しい術を試したいと言うから仕方がないわね」

「喜凰妃様のお心遣いに感謝しますぞ」

朗らかに笑い合う二人を見ていると、本当に人の心がないのだと思った。

私は禅楼様を睨みながら尋ねる。

「私に神力があると嘘をついたのは、女官たちの嫉妬を煽るためですか？」

「ははは、気づいていたのか？　神力の有無は女官たちにはわからん。この私が『ある』と言えばそれを信じ、妬む心は瞬く間に膨れ上がる」

女官たちの嫉妬を煽れば、私に対して嫌がらせが始まる。私がある日突然いなくなったとしても、嫌がらせに耐えかねて逃げたという理由ができる。

美明(ミメイ)さんの失踪した日を偽ったことといい、私が消えても「仙術とは関係ない」と宮廷に思わせるために仕組んだのだろう。

「こんなことに手を貸して、仙術士として恥ずかしくないのですか⁉」

私の言葉など、この人には届かないだろう。それでも言わずにはいられなかった。

禅楼(ゼンロウ)様はわざとらしく首を傾けてとぼける。

「仙術士として、か？　仙術士は己の術を磨くことにこそ価値を見出す。そのためならどんな犠牲も厭わぬものよ。そもそもおまえは、仙術士に限らず世のため人のために生きる善良な人間など見たことがあるのか？　くだらない理想だ」

そういえば流千(ルーセン)も似たようなことを言っていた。『真面目な仙術士はずっと山に籠っていて宮廷勤めなんてしない』と。

でも、世のため人のために生きることはそんなにくだらないことなの？

私の両親はずっとそうやって薬屋を営んできたのに。

「あなたなんかより、世のため人のために一生懸命になれる人の方がずっといいわ」

禅楼(ゼンロウ)様はそんな私に哀れみの目を向ける。

「少なくともおまえの前にいる仙術士は、そのような生き方は忘れた。若返りの妙薬を作ることこそ、この禅楼(ゼンロウ)のなすべきことだからな」

「若返りの妙薬？」

仙術で若さを奪うだけじゃないの？　若返りの妙薬が本当に存在する……？

地位も富も名声も、すべてを得た人ほど永遠の若さを求めるという。けれど、いつの時代もどれほど大枚をはたいてもそんなものは完成していない。

禅楼様は祭壇の上に置いてあった青銅の丸い器と短刀を取り、ゆっくりと私に向き直った。

「妙薬が作れるかは、類稀なる神力と困難に挑もうとする努力にかかっている」

「いい風に言わないでくれます？」

「ははっ、口の減らぬ娘だ。贄になれることを光栄に思え」

鈍色に光る短刀から目が離せない。

まさかそれで私を……？

嫌な予感がして座ったまま後退るものの、武官によって肩を押さえられて逃げられなかった。

「離して！」

必死の抵抗も空しく、私では武官を振り払うことはできない。

禅楼様は私の正面に来ると、武官に命じて私を立ち上がらせた。

「仙術では、人間一人を贄に使うわりに奪える若さは少ないのだ。しかも贄を殺せば効果も減ってしまう……だが、妙薬ならば贄がどうなろうと効果は保たれる」

「贄って」

「本当はおまえより遥かにいい贄を用意していたのだが、まずはおまえの生き血を使うことにしよう」

逃げようとするたび、手首に縄が食い込んでじりじりと痛む。

いよいよこれまでかと思うと体が強張った。

それでもおとなしく斬られるわけにはいかない。こんな状況でも、私はやっぱり諦めたくないと思った。

「私は贄になんてなりません！」

宣言と共に、禅楼様の腹を右足で思いきり蹴る。

「ぐっ！」

「禅楼！」

喜凰妃様の声が響いた。

青銅の器が床に落ちて転がり、禅楼様は腹を手で押さえて顔を歪める。ただし短刀は握りしめたままで、怒りに満ちた目がぎろりと私に向けられた。

「小娘が……！」

今の今まで見た目だけは温厚そうだった人が、憎悪を剝き出しにして睨んでいる。

あぁ、刺される。

「きゃああ！」

そう感じた瞬間、祈祷殿の壁がドンッと大きな音を立てて壊れて木くずと埃が舞った。

「っ！」

どこかで見た爆発だった。いや、閉じ込められて蔵を壊したときより威力が増している。

喜凰(きおう)妃様が袖で顔を覆い、その場に倒れ込むのが見えた。

「何だ⁉」

振り返ろうとした禅楼(ゼンロウ)様は、眼前に現れた黒い影にはっと驚く。

「血なら己の血を使え」

「⁉」

それは一瞬の出来事だった。

声を発する間もなく、禅楼(ゼンロウ)様の右腕から真っ赤な飛沫(しぶき)が散る。禅楼(ゼンロウ)様はぐらりと大きくよろめき、その場に片膝をついて小さな呻(うめ)き声を上げていた。

「仁蘭(ジンラン)様……!」

来てくれた。

本当にまた会えた。

胸がいっぱいになり、すぐに言葉が出てこない。

「采華(サイカ)、避(よ)けろ」

「え?」

今、この人は一体何と言ったのか?

理解するより先に仁蘭(ジンラン)様が一足飛びにこちらへ近づき、右腕で私の頭を抱えて床に伏せる。

私を捕らえていた武官はその場に立ち尽くしていて、次の瞬間に襲ってきた風の渦に巻き込まれ吹き飛ぶのが見えた。

「がっ……」

黒檀の柱で全身を打ちつけた彼は、がくりと意識を失って倒れる。

なぜいきなり風の渦が発生したのかは聞かなくてもわかった。

「ごめん、采華（サイカ）。加減がわからなくてつい」

神獣様を右肩に乗せた流千（ルーセン）が、壁に開けた大穴の前で苦笑いを浮かべている。

謝って許されるような失敗じゃないんだけれど……？

助けに来たはずの弟に危うく吹き飛ばされるところだった。

「神獣様に回復させてもらってから、神力が増えすぎてちょっとおかしなことになっているんだよね～。次は気をつけるから！」

次はないことを祈る。こんな危険な術を使う状況が何度もあっては堪らない！

仁蘭（ジンラン）様は私の上に覆い被さっていて、流千（ルーセン）が起こした風から私を守ってくれていた。天井から小さな木片がぱらぱらと落ちてくるのが見える。

「采華（サイカ）、怪我は？」

「仁蘭（ジンラン）様、怪我は？」

二人の声がほぼ同時に重なる。

赤い髪がはらりと私の頬にかかり、その顔の近さにどきりと胸が鳴った。

「あ、ありません。左の肩だけ……？」

「それを『ある』と言うんだ」

再会してさっそく怒られた。

私は眉根を寄せて不満を訴える。

「……遅かったですよ」

「でも約束通り迎えに来ただろう？」

仁蘭(ジンラン)様はそう言ってくすりと笑い、私を支えながら起き上がった。

「みゃう」

「神獣様？」

流千(ルーセン)の肩にいたはずの神獣様がとことこと私に近づいてきて、手首を拘束していた縄を噛み切ってくれる。

しかも血の滲んでいた手首をぺろりと舐めれば、瞬く間に傷は消えていた。

「すごい……ありがとうございます！」

「にゃうみゃう、うう」

まるで「もう大丈夫か？」と聞いてくれているみたいだった。

私は笑顔で頷き、神獣様を抱き上げる。

気づけば辺りには仁蘭(ジンラン)様の部下が散らばっていて、喜凰(きおう)妃様や武官たちを拘束していた。

腕を斬られた禅楼(ゼンロウ)様は血まみれで蹲(うずくま)っていて、唖然とした表情でこちらを見ていた。

「うぐっ……！　そ、その虎を寄こせ……！」

私は咄嗟に神獣様を隠すようにして抱き締める。

「贄を、最上級の贄を！」

「まさか神獣様を妙薬づくりの贄にするつもりだったの？」

禅楼様は痛みで呻きながらも、もう片方の腕を必死に伸ばしている。

喜凰妃様も縋る目で神獣様を見つめていた。

この状況でもまだ若さや永遠の命に執着する二人の姿にぞっとする。

「よかった、爺さんが吹き飛んでなくて」

まったく緊張感のない声を発しながら、流千が禅楼様に近づいていく。

そばに片膝をついたので腕を止血するのかと思いきや、やや乱暴に禅楼様の体を起こした流千はその袖の中を探り始めた。

「何をするっ!!　離せ！」

「あ、これだ。ありました、仁蘭様！」

流千は満面の笑みで奪ったものを掲げる。

それは白い紙で作られた人型の呪符で、数十枚はありそうだった。

「もしかして、それは美明さんたちの？」

「うん、これをきちんと浄化すれば元の姿に戻れる」

一度、美明さんに盗まれそうになったから肌身離さず持っていたのだろう。

流千は呪符が見つかれば用済みだと言わんばかりに、禅楼様をほかの人に引き渡す。

禅楼様は斬られた腕をもう片方の手で押さえているだけで、もはやこれまでと抵抗しなかった。

呪符が奪われたのを見て動揺したのは、若さを奪っていた喜凰妃様の方だった。

「嫌！　返して！　だめよ、それは……！」

仁蘭様の部下に取り押さえられているのに、それを振りほどこうと必死になって手を伸ばす。

美しさに固執する彼女は、男性たちが驚くほどの力で抵抗していた。

「やめて！　私は、私は美しくなければいけないのよ！　呪符を返しなさい！」

簪が床に落ち、髪を振り乱して呪符を取り返そうとするその姿を見て、私の胸には空しさが込み上げる。

「お父様、お父様が許さないわ！　私にこんなことをして……！　離しなさい！」

「おまえは己の罪に気づくこともできないのか」

喜凰妃様の泣き叫ぶ声が響く祈祷殿に、突如聞こえてきた低い声。掠れたようなその声は、静かな怒りを孕んでいる。

声がした方を振り向くと、流千が開けた大穴の前に豪奢な黄色の装いに玉冠を被った人がいた。

大勢の武官が付き従うこの方こそ、当代の皇帝陛下なのだと直感する。

「陛下……？」

喜凰妃様は驚いて目を見開き、うわ言のように呟く。そして次第に歓喜の表情に変わり、頬を染めて言った。

「ああっ、陛下。お会いしたかった……！　ようやく私のところへ来てくださったのね！」

きれいに結い上げていた髪はその一部が垂れ下がりはらりと頬にかかっていて、襦裙は肩の一部が破れて無残な姿になっている。

そんな状態でも、彼女の目には皇帝陛下しか映っていない様子だった。

何と哀れな……と誰もが感じている中で、喜凰妃様だけが自分の状況に気づいていない。

「喜凰妃、ならびに仙術士禅楼。先帝殺害および後宮での宮女拉致監禁などの罪は重い。おまえたちには相応の罰を下す」

皇帝陛下は、玉冠の飾り越しでもわかるほど鋭い目で喜凰妃様を睨んでいた。

喜凰妃様は脱力し、唖然とした顔で陛下を見つめている。

「陛下？　なぜ？　私に会いに来てくださったのでしょう？」

信じられないといった風にその声は震えていた。

小さく首を横に振り、喜凰妃様は縋るように細い右手を伸ばした。

「わ、私はずっと……あなた様のために……」

「……」

「罰を下すだなんて嘘ですよね？　私は陛下の妃なのですよ!?」

「黙れ」

皇帝陛下のお声には怒りが籠っていた。

拒絶、侮蔑をも感じさせる一言に、喜凰妃様も口をつぐむ。

ようやく現実を理解したようで、床に手をついて涙を流し始めた。

美しさにこだわるのは貴族女性として当然だけれど、あまりにも行きすぎた執念だった。

項垂れる喜凰(きおう)妃様をただ見つめることしかできない私は、ふいに皇帝陛下がこちらに顔を向けたことに気づき、慌てて合掌して頭を下げる。

今、確かに目が合った……！

どうしよう。まさかこんなところでお会いするとは思いもしなかった……！

動揺していると、ふっと笑った声が小さく聞こえた気がした。

「采華(サイカ)よ、此度(こたび)はよき働きであった」

その声にさきほどまでの険しさはない。

落ち着いた、頼もしい声音だった。

陛下は私を見て『采華(サイカ)』と言った……？

仁蘭(ジンラン)様から私たちが皇帝陛下を召喚しようとしたことは耳にしているはず。いくら仁蘭(ジンラン)様と取引したとはいえ、そのやましさで心臓がばくばくと激しく鳴り始める。

以前は「陛下にお会いできたら范(ハン)家の窮状を訴えたい」とか思っていたのに、いざこうして対面すると頭が真っ白になってしまった。

そんな私に陛下は静かに話しかける。

「助けに入るのが遅れてすまなかった。この者たちの本性を炙(あぶ)り出し、皆の前でそれを晒(さら)すにはこれが最も確実だと思ったのだ。だが、恐ろしい思いをさせた」

「い、いえ。そのようなことは……！　ご厚情を賜り、ありがとうございます」

為政者としての判断で、私を囮にした。

陛下のおっしゃったのはそういうことだったが、きちんと間に合う頃合いを見計らって踏み込んでくれたのだからむしろ優しいと思う。

「今宵はゆっくりと休むように。仁蘭、采華を任せる」

「かしこまりました」

陛下は、私たちにお怒りではなかった。それどころか、まさか謝られるとは……！

皇帝陛下はとても寛大なお方だった……！

ほっと安堵すると共に、胸の中に一つの疑問が生まれる。

この声にこの背格好……どうにも覚えがある。

合掌したまま皇帝陛下の方へちらりと目をやれば、去っていく背中だけが視界に入り、目で追っているうちに思わず呟く声が漏れた。

「史亜様……？」

皇帝陛下は今のお姿こそ男性だが、女官の史亜様と瓜二つで……。

でも史亜様は女性のはず。私の宮で会った彼女の声も姿も、振る舞いもどう考えても女性だった。

「仁蘭様、あの方は一体」

「………」

答えは返ってこない。

何も言えない、という空気を感じた。

あぁ、やはりそういうことなのだ。

――皇帝陛下は即位の儀で『妃はいらぬ』とおっしゃられた。

私が仁蘭様に「なぜ皇帝陛下はどの妃のもとへも通わないのか？」と聞いたとき、彼はそんな風に話した。

陛下が妃はいらぬとおっしゃったのは『妃は持てない』という意味だったのでは？

事情はわからないけれど、陛下が女性であったのなら辻褄は合う。

絶対に後宮へは来られないし、妃を持てるはずがない。

「ん？　でもそれなら召喚術は……？」

召喚術で仁蘭様が喚ばれてしまったのはどういうことなんだろう？

最初は髪の毛が仁蘭様のものだったからだと思っていた。

でも流千はずっと「呪符に記した条件と髪の毛の持ち主が違うのならなぜ発動したのか？」と不思議がっていた。

何かがおかしい。

私は俯いて考え込む。

「どうした？」

「……」

皇帝陛下は女性だった。だから召喚の条件には合わない。

仁蘭様が召喚された理由は実に単純で、皇帝の地位に最も近い男子がこの方だったから……ではないの？

まさか紅（コウ）家の次男というのは仮の身分で実は先帝様の隠し子とか……？　そこまで情報を整理して、一気に血の気が引いていくのを感じた。

「采華（サイカ）」

「はいっ！」

仁蘭（ジンラン）様に呼びかけられ私はびくりと肩を揺らす。

恐る恐る顔を上げれば、仄暗（ほのぐら）い目でにやりと笑う仁蘭（ジンラン）様がいた。

あっ、まずい。踏み込んではいけない領域に踏み込んでしまったらしい。

「何ですか……？」

怖い。怖すぎる。

「逃げるなよ」

「ひぃっ！」

こ、これは気づいている。私が気づいたことに、気づかれている！

一歩下がろうとしたそのとき、神獣様がするりと私の腕を抜け出ていく。白銀色の尻尾をぴんと立てながら走っていったと思ったら、流千（ルーセン）の背にぴたりとくっつくのが見えた。

置いていかないで、と言いかけた私は無言の仁蘭（ジンラン）様に横抱きにされて小さく悲鳴を上げる。

「突然どうしたんですか⁉　あの、私はもう歩けるのでこんなことしてくれなくても平気です！」

お願いだから下ろしてほしい、半泣きで懇願する。

けれど仁蘭（ジンラン）様は、うっすらと笑みを浮かべて却下した。

「陛下のご命令だ。任せる、と」

「だからって」

「それにこれは証拠保全だ」

「まさかの証拠品扱い！」

だったら仕方ないですね、とはなりませんよ!?

「ほら、腕を回さなければ落ちるぞ」

「いっそ落としてください！」

必死の願いも叶わず、仁蘭（ジンラン）様はすたすたと扉の方へ歩き始めた。

私を抱えてこのまま宮廷まで戻るつもり？　それとも私の宮まで行くの？

どうせ運ばれるならと私は流千（ルーセン）に向かって手を伸ばした。

「流千（ルーセン）！」

神獣様と流千（ルーセン）がこちらを見ている。

流千（ルーセン）は私が何か言うまでもなく、首を横に振った。

「重いから無理。僕は肉体労働はしないから」

「酷い！　この間、あなたの看病をしたのは私よね!?　それなのに私のことはほったらかしだなんて信じられない！」

「諦めろ」

仁蘭(ジンラン)様が容赦なく言い捨てる。

手を振る流千(ルーセン)はどんどん遠ざかり、ついに私は祈りの間から出てしまった。

「薄情な弟……」

「弟？」

ぐったりとして呟いた私に、仁蘭(ジンラン)様が少し驚いた顔で聞き返す。

「え？　そうですよ。話していませんでしたっけ？」

「聞いてない……弟なのか？　あれは」

「はい。今は朱流千(シュルーセン)と名乗っていますが、あの子はもともと范甲天(ハンコウテン)という名でして、范(ハン)家の長男です。私の実の弟です」

仁蘭(ジンラン)様は目を丸くしていた。

私たちが姉弟だとまったく気がつかなかったらしく、そんなに似ていないのかなと私も改めて驚いた。

「そうか、弟か」

「はい。弟ですね」

貴族と違い、平民には身分を示す戸籍がない。仁蘭(ジンラン)様が今の今まで知らなかったのはそのせいもあるのだろう。

「はぁ……」

「どうしたんですか、ため息なんてついて」

仁蘭(ジンラン)様は、鬼上司らしからぬ大きなため息をついた。

相当に落ち込んでいるように見える。

姉弟だと気づけなかったのがそんなに衝撃だった……？

私は小さな声で「すみません」と謝罪する。

「弟か……。あいつなりに怒っていたのだろうな。俺がおまえを地下に置いてきたことを。せめて采華(サイカ)を運べということだろうな」

「そうでしょうか？」

重たいのは嫌だというのも本心で、怒っていたのも正解かもしれない。

あの子はあの子なりに私を大事に想ってくれているのは確かだから……。

祈祷殿を出ると、夜空には無数の星が煌めいている。

雲はすっかり流れていて、明日も晴れそうだと思った。

「もう気になさらないでくださいね。私が置いていってくれと頼んだんですから」

ここは鬼上司らしく「当然だ」とでも言ってほしい。そうでなければ、いつもの私でいられない気がした。

美明(ミメイ)さんが見つかった以上、私はきちんと恋を諦めなければいけない。今こうして触れている胸も腕も、本当は私が頼っていいものではないのだから。

ふとしたときに押し寄せる寂しさを振り払いたくて、わざと明るい声で言った。

「あの呪符が消えれば、美明(ミメイ)さんたちも元に戻りますね！　よかったですね、仁蘭(ジンラン)様」

「あぁ……そうだな。喜凰妃と禅楼は然るべき罰を受け、孫大臣にもその責任を追及できる。屋敷や関係先を調べれば多くの悪事の証拠が手に入り、宮廷の膿はまた一つ減るだろう。大臣らが絶望の淵に立たされたときの顔が楽しみだ」

あっという間に暗い話に戻された。

私はじとりとした目で仁蘭様を見る。

「何だ？」

「いえ、何も」

仁蘭様は不思議そうな顔をしていた。

「……喜凰妃様のしたことは許されないことです。でも美しさこそすべてだと、そのように教育したのはきっとお父上である孫大臣なんですよね」

人は生まれる家を選べない。他家に生まれていれば、喜凰妃様もまた別の人生があったのではと思うとやるせない気分になる。

「自分以外に大事なものがないから若さと美しさに縋るしかなくて。喜凰妃様はいつも笑っていましたが、寂しかったんじゃないかと思います。だからって誰かを犠牲にしていいわけではないですけれど」

仁蘭様は、共感も反論もせず黙って私の話を聞いてくれていた。

「寂しいとロクなことにならないなって知りました。仁蘭様も気をつけてくださいね……って、恋人の美明さんが見つかったから大丈夫ですよね」

自分で言い出したくせに、悲しくなって視線を落とす。

美明さんは見つかり、呪符も奪ったことで元の姿に戻れるだろう。見つかってよかったと思う気持ちは本物なのに、笑みは次第に消えていく。

よかったですね、どうかお幸せに。

そんな当たり前の言葉が出てこない自分が情けなかった。

「美明は恋人などではない」

「え？」

顔を上げると、おまえは何を言っているのだとでも言うように仁蘭様は眉根を寄せていた。

私は呆気に取られてしまう。

恋人じゃない……？

仁蘭様は美明さんを好きだから、これまで必死に捜していたんじゃなかったの？

「美明は皇帝陛下にとって唯一無二の友人だ。心の支えとも言える存在だった」

「陛下の友人？」

確かに、史亜様としてやってきた皇帝陛下は美明さんのことをそう言っていたのを思い出す。

「俺にとっては志を同じくする者で、そこに恋だの何だのという感情はない」

「ないんですか⁉」

何をどう勘違いしたらそう思うのだと、仁蘭様は呆れていた。

そっか……恋人じゃなかったんだ。

すべては私の思い込みだったとわかり、胸のもやもやが消えると共に力が抜けてしまう。

「仁蘭様ったら紛らわしい」

「俺が今まで勘違いさせるようなことを言ったか？　そんな覚えはないが……？」

思い返してみるが、確かにそんな言葉は口にしていなかった。

私が勝手に勘違いして、決めつけていただけだ。

気まずくなって黙ったままでいると早々に私の宮に着いてしまい、門扉の前でようやく仁蘭様の腕の中から解放された。

「一人で平気か？」

仁蘭様の様子から、中へ入る気はないのだと察する。

この後、夜を徹して喜凰妃様たちの取り調べがあるのだろう。彼がすぐに戻らなければならないことはわかった。

私は笑顔で「はい」と答える。

これから私はどうすればいいのだろう？

このままここで別れたら、もう会えなくなるの？

色々と聞きたいことが山積みだったが、質問の答えが望んだものではなかったら……と思うとなかなか言葉が出てこない。

もどかしい気持ちでいると、仁蘭様がまっすぐにこちらを見下ろして言った。

「采華。俺はおまえを諦めるつもりはないと言ったのを覚えているか？」

私が地下に残ったときに言われた言葉だった。

「はい、覚えています」

必ず助けてくれるという『諦めない』だと思っていたけれど、もしかして違う意味だったのだろうか?

今私に向けられている目を見ていたら、甘い期待が生まれてしまった。

「覚えているならよかった。まさか明日から解放されるとでも思ってはいないな?」

「……え?」

仁蘭様の口角が上がる。

それを見れば嫌な予感しかしなかった。

「おまえたちが犯した罪はそんなに軽くない」

私はぎょっと目を見開く。

「まだ仕事があるんですか!? でもまぁ、取引なんで仕方ないですね……! また『死んだらそれまで』という危険な仕事ですか?」

もうどうとでもなれ、と投げやりな気持ちになる。

ため息交じりにそう言うと、仁蘭様は私の両肩に手を置いて苦しげな声音で言う。

「そういうのはもうやめてくれ。二度と自分を犠牲にするようなことはしないと約束しろ」

その言葉が意外すぎて、私は小さな声で「わかりました」とだけ答える。

なぜ今私はこうして縋られているのだろう。

仁蘭（ジンラン）様のことは相変わらずよくわからないけれど、本気で心配してくれているのは伝わってきて自然に笑みが零れる。

わかりにくい、でもかわいい人。そんな風に思ってしまった。

くすりと笑う私に、仁蘭（ジンラン）様が低い声で詰め寄ってくる。

「なぜ笑っている？　おまえは本当に約束を守る気があるのか⁉」

「すみません！」

「目を離せば何かを起こしそうで置いていけない！　おまえもこのまま宮廷に来い！」

「ええええ⁉」

仁蘭（ジンラン）様は怒ったようにそう言い、強引に私の手を引いた。

「本当に行くんですか⁉」

「当然だ！」

どうやら本気らしい。

鬼上司に連れ去られた私は、本当にそのまま宮廷でお世話になることになってしまった。

エピローグ　鬼上司からは逃げられない

「范采華（ハンサイカ）。本日付で下級妃の位を免ずる」

「え」

あれから七日、私は仁蘭（ジンラン）様により宮廷の一角に軟禁されていた。

与えられるものはどれも四妃並みの高級品で、衣服も靴も簪も何もかも用意された上で部屋に閉じ込められている。

かなり恵まれた監禁状態である。

会えるのは本格的に宮廷住まいになった流千（ルーセン）と神獣様、それに私の世話をしてくれる本物の史亜（シア）様だけ。私をここへ連れてきた張本人の仁蘭（ジンラン）様とは、この六日間まったく会えなかった。

今日は来てくれるだろうか、会ったら何を話せばいいのか、など毎日毎日同じことを考えて期待して――もうしばらく会えないのだなと諦めた頃に彼はやってきた。

黒い長衣に薄青色の羽織姿は、仁蘭（ジンラン）様に出会ってから初めて見る装いだった。おそらく貴族の正装だと思われる。

いつもよりさらにかっこよく感じられ、緊張からまっすぐに目を見られなかった。

そんな私の目の前で、手にしていた巻物を広げて読み上げられたのがさきほどの決定だ。

「それはつまり？」

「クビだ」

「!?」

いきなりの宣告に私は目を見開く。

「クビ!?」

何度聞いても同じで、結果は覆らない。わかっていても、突然のことに動揺した。

「待ってください、私けっこうがんばりましたよね!?　そりゃあ……よくないこともたくさんしましたけれど、范家のことが片付かないうちにクビだなんて！　それに仁蘭様、まだ仕事があるっておっしゃっていませんでした!?」

持っていた扇の柄を折れそうなくらい強く握り、興奮気味に訴えかけた。

でも仁蘭様は残酷で、なぜか嬉しそうに意地の悪い笑みを浮かべて言った。

「それとこれとは話が別だ。まずは下級妃の位を取り消す、これは決定事項だ」

「そんな！　人のことを何だと思っているんですか！　仁蘭様の鬼！」

全身に力を込めて叫ぶ。

仁蘭様はさっきからずっと笑っている。

何がそんなに面白いのかと怒った私は、彼に一歩近づき詰め寄った。

「妃をクビになったら、どうやって皇帝陛下に嘆願したらいいんですか!?」

現状、女官としての給金をもらえたものの、実家のことが何一つ解決していない。

尚薬局からの返事もないままで、これでは范家が潰れてしまう……！

羽織に掴みかかる勢いで訴えると、仁蘭様は私の手を握って言った。

「話は最後まで聞け。范家のことはすでに尚書省から手を回し、騙した伊家については尚薬局への賄賂および虚偽の報告をした罰として財産も何もかも差し押さえた」

「え……？」

「おまえの家は無事だ。今まで通り、薬屋を続けられるし伊家への借金も消えている」

信じられない気持ちで仁蘭様の顔を見つめる。

その目に嘘はなく、何もかも望んだ以上の結末を迎えたのだと理解できた。

「本当に……？　よかった」

もう大丈夫なのだと思ったら、急に力が抜けてしまう。

へなへなとその場に崩れ落ちそうになった私は、仁蘭様が咄嗟に伸ばした腕に抱き留められた。

「しっかりしろ」

「すみません、でも気が緩んでしまって」

范家のために後宮入りして、危険なこともどうにか乗り越えてきたのだ。

念願が叶ったと思ったら嬉しくて目に涙が滲んだ。

「こちらとしてもよい薬を作る者たちは守りたい。国のためになるからな。陛下は范家のこれからに期待するとおっしゃって、支援を約束してくださった」

「陛下が……」

私が嘆願するまでもなく、何もかも仁蘭様が手を回してくれていた。きっと、取引をした最初の頃から……。

「ありがとうございます、仁蘭様。心から感謝いたします」

涙ながらにそう言うと、私を支えてくれていた腕に力がぐっと籠って引き寄せられる。

心臓がどきんと大きく鳴り、思わず息が止まってしまった。

この状況は何……？

私はどうして仁蘭様に抱き締められているの？

激しく鳴り続ける心音が辺りに聞こえるのではと心配になるくらい、胸がどきどきして緊張から体が強張る。

「あの、そういえば男性と二人きりは、その、品位というものが」

ふと漏れ出たのはそんなどうでもいいことだった。

「おまえはもう妃じゃない」

「はっ！」

そうだった。もう妃はクビになったんだった。

今はもう気にしなくていいの？　いやいや、未婚の女性としてこんな風に男性と接近するのはいかがなものか？

悩んでいると、仁蘭様はくつくつと笑い始めた。

こんなによく笑う人だったかなと不思議に思ったとき、続き間の扉が開く。そこはいつも史亜様が入ってくる隠し階段のある扉で、そういえばそろそろ彼女が来る時間だったと思い出した。

「離れてください！」

「その必要はない」

「ありますよ!!」

仁蘭様がおかしい。

私は必死で彼の肩や胸を押し続けるけれど、びくともしなかった。

「ははっ、仲がいいことで何よりだ」

「皇帝陛下……！」

入ってきたその人は、史亜様ではなかった。

赤い衣装に玉冠という装いの皇帝陛下に、薄桃色の女官服を纏った美明さんが付き従っている。

美明さんは艶やかな黒髪が美しい、二十二歳という年相応の姿に戻っていた。奪われた若さを取り戻した後もしばらくは療養が必要だと聞いていたのに、どうやら早くも仕事に復帰したようだ。

仁蘭様と同じように「死んだらそれまで」の精神で陛下のために働いていた美明さんらしい。

彼女は私と目が合うと、少しだけ微笑んでくれた。

牢で会ったときより随分と穏やかな空気を纏っている。

皇帝陛下もまた、先日祈祷殿でお会いしたときより和やかな雰囲気だった。

「采華、また会えて嬉しいぞ」

「あ、ありがたき幸せにございます」

仁蘭様に抱き寄せられたまま、窮屈な状態で合掌しようと試みる。でもすぐさま陛下に「いい」と制された。

いや、よくはないです。この状態はよくない。

けれど陛下は微笑ましそうな目で私たちを見ていた。

「私のことは玄苑と呼び、この間のように接してくれ」

「え⁉　よろしいのですか……？」

この国で最も高貴な方を、庶民の私が名前でお呼びしてもいいの⁉

「たった今、妃をクビになったんですけれど」

「構わん。私がそれを望んでいる」

本当に？　と信じられない気持ちだったが、陛下があまりにまっすぐな目で私を見るので、きっと本心で望んでくれているのだろうと思った。

「わかりました……。では、玄苑様と呼ばせていただきます」

私の返事に、玄苑様は満足げに笑った。その雰囲気は私が自分の宮で会った史亜様と重なる。

今、私の目の前にいらっしゃる方はお姿こそ皇帝陛下だけれど間違いなく女性だった。祈祷殿でこの方が華奢な青年に見えたのは、衣装や化粧、それに口調や仕草が男性のそれだから。

明るいところでこのように近い距離でじっくり拝見させてもらえば、笑ったときの日が仁蘭様とよく似ておられて……考えないようにしていたことを思い出してしまった。

玄苑様は私から離れない仁蘭様に目をやると、仕方がないなという風に笑って言った。

「采華、面倒な弟だがよろしく頼む」

弟。今はっきりと弟とおっしゃいましたね⁉

私は驚きのあまり返事ができない。

「のちほど仁蘭から説明させるが、このことは本当に限られた一部しか知らぬ。紅家の長男も、仁蘭のことは本当の弟だと思っているくらいだから他言しないように」

「そのような重要なことを私に⁉」

庶民が聞いていいような話ではない。

狼狽える私に、仁蘭様が囁く。

「俺のことを知りたいのだろう？　話すつもりはなかったが、おまえが知りたいと言うからこれを機にすべて教えることにした」

「その『知りたい』ではありません……！」

解釈違いも甚だしい。

さっきとは違った意味で泣きそうになりながら仁蘭様を見つめる。

聞きたくなかったと落ち込む私を見て不思議そうに首を傾けていた玄苑様が、ふと思いついたように言った。

「そうか、考えてみれば采華が望みさえすれば私の女官にするという手もあるな？　范家のことはこちらから何人か尚書をやれば目が行き届くだろうし、職さえあればどこかへ急いで嫁ぐ必要もないだろう。女官になるのも選択肢に入れてもらおうか」

「なっ」

仁蘭様が途端に険しい顔になる。

その反応に玄苑様は苦笑いに変わった。

「冗談だ。私はそなたたちの邪魔をするつもりはない」

「………よかったです」

「本当だぞ？　またしばらくこうして会える時間はなさそうだから、顔を見に来ただけだ。それに采華は腹の探り合いができぬだろう、宮廷の女官は難しい」

おっしゃる通りです。

玄苑様の指摘に、私は申し訳なくなって小さな声で「はい」と呟いた。

「宮廷は今、孫大臣の失権で混乱が広がっている。先帝殺害は喜凰妃が独断で行ったこととはいえ、それをそのまま信じる者は少ない。少なくとも、娘の行いを知っていて隠ぺいしたのは許しがたい。一族すべてを滅ぼすべきという声も上がっているが……そこまですれば余計な恨みも買うだろうから処罰の範囲はこれから協議する」

娘とその仙術士の罪は、当然父親である孫大臣も負うところとなった。兵部で築いた地位を追われ、あの夜から宮廷の牢にいるらしい。

これまで捜索できなかった孫家の屋敷も祖呉江にある拠点も大規模な調べが入り、他国との不正な取引や違法な人身売買などについて、孫家が手を染めてきた悪事が次々と暴かれているという。

証拠がおおかた揃わなければ、刑の執行も行われない。

少なくとも一年はかかるだろうと玄苑（ゲンエン）様はため息交じりにおっしゃった。

「あの……喜凰（きおう）妃様の宮はどうなるのですか？」

主のいなくなった豪華な宮。慈南（ジナ）さんや笙鈴（ショウリン）さんのことが心残りだ。私はいつか女官でなくなることがわかっていたけれど、彼女たちは突然に居場所を失ったのだ。

「孫（ソン）家の縁者である女官長はひとまず宮廷で拘束するが、それ以外の者はほかの妃の宮に移ることになった」

私の知るあの二人は、ほかの宮でそれぞれ仕事をするらしい。

それに玄苑（ゲンエン）様は、あと数年も経てば後宮を廃するおつもりだった。

「少なくとも私の代では後宮など必要ないからな。妃たちをあまり長く留めぬようにしたいと思っている。親が権力を得るために、娘を道具として使う慣習は終わらせたい」

何代も続いてきた後宮をご自身の代で終わらせるのは相当に骨が折れるだろう。

それでも実現してみせるという玄苑（ゲンエン）様は、とても頼もしく感じられた。

「では、またな。今度はゆるりと茶でも飲もう」

「わかりました。特製の茶葉を用意しておきます。玄苑（ゲンエン）様と美明（ミメイ）さんとご一緒できる日をお待ちしております」

私が笑顔でそう言うと、仁蘭（ジンラン）様が呆れた声で「陛下におかしなものを飲ませようとするな」と嘆く。

しまったと思ったものの、玄苑様は楽しみにしていると笑顔で告げて去っていった。美明さんも少しだけ微笑んでくれたので、私の出すお茶を飲んでくれるつもりなのだとわかる。

扉が閉まり、この部屋にはまた私と仁蘭様だけになる。

そういえば「またな」と玄苑様はおっしゃった。皇帝陛下が街へ出ることはさすがにないだろうから、私はもうしばらくここにいるということなの？

それにさっき「特製の茶葉を用意しておきます」なんて言ったものの、もう妃ではないのであの宮へ戻ることはない。

「私って今後どうなるんですか？　范家に帰れるんでしょうか？」

女官たちの身の振り方を心配している場合ではなかった。

家に戻れるのは嬉しいけれど、そうするともうこの方には会えないわけで。それを残念に感じる自分に気づく。

「采華」

「はい」

呼びかけられて反射的に返事をする。

すると仁蘭様が真剣な目でこちらを見つめていて、どきりとした。

「おまえはこちらの情報を知りすぎた。だから外へ出せない」

「知りたくなかったのに⁉」

別に私が探ったわけではなく、なりゆきで知ってしまっただけだ。絶対に口外しないと約束するし、忘れろというなら何としてでも忘れてみせる。

そう主張しようとしたところで、仁蘭（ジンラン）様が先に口を開いた。

「というのは建前で、俺が采華（サイカ）を欲しい」

「……は？」

一瞬、何を言われているのかわからなかった。

取引は終わったはずで、もう一度女官として欲しいってこと？

でもそれにしては距離が近いし、こんな風に恋人みたいに腕を回されると特別に想われているんじゃないかと思ってしまう。

「それはどういう」

戸惑いながら尋ねたとき、少し冷たい唇が私のそれに重なる。柔らかな感触はほんの一瞬でも、驚いて息を呑んで固まってしまった。

瞬きすら忘れて硬直する私に、仁蘭（ジンラン）様は尋ねる。

「俺がおまえを欲しいと言っただろう？　おまえは嫌なのか？」

「本気ですか？」

仁蘭（ジンラン）様が私を？

からかってこんなことをする人ではないとわかっていても、何かの間違いじゃないかと疑ってしまった。

「俺は本気だ。質問に答えてくれ」

まっすぐな瞳に胸が苦しくなる。

悲しくないのに泣きそうになり、振り絞るような声で返事をした。

「嫌じゃないです……。だって私は仁蘭（ジンラン）様を……」

好きになっていた。

その一言が言えずに俯くと頬に大きな手が優しく触れ、甘い声で名を呼ばれる。

見上げれば、仁蘭（ジンラン）様は困ったように笑っていた。

「よかった。嫌だと言われたらこのまま寝所へ引きずり込んで既成事実を作ろうかと思っていた」

「何てことを考えているんですか⁉　そんなの私に選択肢なんて最初からなかったんじゃありませんか！」

とんでもない鬼に捕まってしまったのでは？

どうか冗談であってほしい。そう思いじっと見つめるけれど、にこりと笑ったその顔はどう見ても本気だったとしか思えない。

再び仁蘭（ジンラン）様のお顔が近づいてきたところで、私はぱっと手を前に翳しそれを阻止して質問した。

「もしかして、私ってそれで妃をクビになったんですか？」

「そのようなものだな」

「行動が早すぎませんか？　あっ、このこと流千（ルーセン）は……？」

「知っている。そもそもあいつは俺の出自についても勘づいていたし、俺が采華（サイカ）と結婚するつもりだと告げたらすぐに承諾した」

仁蘭様は数日前に流千に会い、すでに了承を得ていた。

流千は笑顔で『それは素晴らしい縁談ですね！』と言い、そして――――。

『僕を宮廷お抱えの仙術士にしてくれるなら姉は喜んで差し上げます』

と取引を持ちかけたらしい。

「売られた！」

また勝手に交渉して！　しかもここへ会いに来たときもそんな話は一言もなかった。

毎日のように顔を出していたくせに、仁蘭様が私に話すまで何も言わなかったのだ。

「結婚について何も言われなかったのか？」

「はい、まったく」

「おまえの弟は、己の利が絡んでいると口が堅いな。これからも俺の下で働いてもらうとしよう」

「感心することですか……？」

流千は神獣様と常に行動を共にしていて、宮廷では『猫を連れた仙術士』として有名になりつつあると仁蘭様から聞いた。

悩める官吏たちを相手に、相談役の地位を確立するのもそう遠くないかもしれない。

不思議な力を持つ神獣様に気に入られた仙術士を手元に置けるのは、仁蘭様にとって悪くない話だろう。

「でも私の結婚について決めるのは范家の父ですよね？　家を継ぐ気もない息子が『姉を差し上げます』って、そんなの許されるんですか？」

流千に決定権はないはず……と首を捻る私に、仁蘭様は悪い顔で囁く。

「范家当主は『娘が承諾すればそれでいい』と了承済みだ。今、おまえが逃げないということは承諾したものとする」

「この状況でどこへ逃げろというのです⁉」

「言ったはずだ。俺はおまえを諦めるつもりはない、と。あぁ、それに寂しいとロクなことにならないから気をつけろと言ったのはおまえだからな？　責任は取ってもらおう」

　どうあがいても逃げられない。

　私がこの人のものになるのは、すでに決まっていた。

　呆れるほどに手際がいい。

「そんなに私が好きなんですか？　いないと寂しいくらいに」

　困った人ですねと冗談めかして言ってみた。

　すると彼は真顔で答える。

「そうだ。おまえが好きだ」

「⁉」

「だからおとなしく妻になれ。俺が死に急がないように帰る場所になってくれ」

　どこもかしこも囲い込んでからの求婚。それはとても仁蘭様らしいやり方だった。

　そもそも最初から逃げる気なんてなかったのだ。

　すべて仁蘭様の思い通りになっていることが悔しくて素直に認められないだけで、本当は離れずに済むことが嬉しくて、顔が緩んでしまいそうなのを堪えているくらいなのに。

私は仁蘭様の胸に飛び込み、幸せを噛み締めながら「はい」と答えた。

「絶対に帰ってきてくださいよ？」

「約束する」

仁蘭様から『おまえは目を離すとすぐに何か起こす』と言われたことがあったけれど、私からすればこの人もそのようなものだ。

ずっとそばで見張っておかなければ、また薬が必要なほど働きすぎる可能性がある。

ぎゅっと抱き締めれば、彼もまた同じように強く抱き締めてくれた。

ここを出たら会えなくなるかもと不安だったのに、まさか結婚できるとは……！

突然に降ってきた幸せにまだ信じられない気持ちだった。

それでも、腕の中にいると「ずっと一緒にいられるんだ」と感じられ……たのだけれど、ここではっと気がついて顔を上げた。

「仁蘭様と結婚するってことは、私はもう二度と女官には戻らないんですよね？」

「あぁ、そうだ」

「わりとお給金のいい仕事だったのに……」

店を救ってもらったとはいえ、范家にお金がないことには変わりがない。

結婚といえば庶民でも物入りである。貴族である仁蘭様の妻になるなら、一体何がどれほど必要なのか想像もつかなかった。

あれ？　店を手伝っていたせいか急に現実的なお金の話が気になりだした……。

私はそっと腕を緩め、深刻な顔で呟く。

「持参金を稼ぐにはどうすれば……。あの、仁蘭様の許可があれば何してもいいんですか？」

「何する気だ⁉　頼むから危ないことはもうやめてくれ！」

眉を顰めて焦る仁蘭様を見て、私は思わず笑ってしまった。

私を密偵としてあの危険な後宮に放り込んだのは誰だったかな。

鬼上司だった仁蘭様が慌てるのが嬉しくて、ずっと見ていたいくらいだった。

ただし、彼はそんなに甘くなかった。

「おまえは本当に何もわかっていない」

「えっ」

「俺がどれほどおまえを想っているか、わからせる必要があるらしい」

「ちょっ……待ってください！」

すみませんでしたと謝ろうとしたものの、それより早く仁蘭様が私のことを肩に担ぎ上げる。

急に体がふわりと浮いて、私は必死の形相で彼にしがみつきながら叫んだ。

「どこへ行くおつもりですか⁉」

何となくわかるけれどわかりたくない！

結婚が決まったとはいえまだ早い気がする！

「今さらだろう？　すでに一度寝台を共にしたのを忘れたのか？」

「それは語弊があります」

召喚した直後のことを言っているのだとすぐにわかった。

あのときはただ争っていただけですよ!?

「はっ、もう諦めろ」

あぁ、仁蘭（ジンラン）様はやっぱり仁蘭（ジンラン）様だ。

私の抵抗など無意味だとばかりに鼻で笑うと、本当に寝所へと入っていく。

今朝まで私が借りていた寝所だから知らない場所ではない。でも二人きりになると緊張で頬が引き攣った。

収まらない鼓動をどうにかしたくて大きく息を吸うけれど、ちっとも思い通りにいかない。

「あの！　仁蘭（ジンラン）様はこれからお仕事が……んんっ」

寝台に押し倒され、唇を塞がれてはどうすることもできない。

髪を撫でる大きな手が優しくて、強引なのに愛されていると実感してしまって逃げられなかった。

「今日は休みだ」

「正装なのに？」

「これは……求婚するならそれなりの姿でいなければと……」

理由を話しながら、自分でも矛盾に気づいたらしい。

正装までしてあらたまって求婚したのに、こうして強引に寝所に連れ込んでしまっているという矛盾に……。

「ふふっ」

急にかわいらしく思えて、私は仁蘭様の頬に右手をかける。

「……何だ？」

「いえ、何も」

これからも一緒にいられるのだと思うと喜びが込み上げる。

少し照れながらも笑みを浮かべれば、仁蘭様も目を細めて笑った。

恋をするということは、何も言わずにただ見つめているだけで幸せなんだ。

「好きです」

「っ！」

彼の赤い髪も、仕草も、声も何もかも愛おしく思えてきて、私は衝動的に彼の首元に腕を回してぎゅっと抱き締める。

けれどそれはこの状況では不利にしか働かなくて――――。

「おまえのせいだ」

「えっ」

私を見下ろす瞳は熱を帯びていて、目が合った瞬間にさらに鼓動が速くなる。

あぁ、もう逃げられない。でも、それでいい。

再び仁蘭様の顔がゆっくりと寄せられて、私はそっと目を閉じた。

番外編　結婚報告は突然に

首都に色とりどりの菊の花が咲き始めた頃。

仁蘭（ジンラン）様から贈られた真新しい羽織と外套を纏った私は、生家である范（ハン）家に里帰りしていた。

「ここが范（ハン）家の母屋か」

「はい。まだ一年も経っていないのに懐かしい……！」

古いがよく手入れされている黒檀の門をくぐり、店の裏にある母屋へと向かう。庭には様々な薬草や花が植えられていて、畑と言った方がふさわしい。

馬車の音が聞こえていたのだろう。私たちを出迎えようと、慌てた様子の両親が扉を開け放って出てきた。

「采華（サイカ）！」

「母さん！」

借金の心労がたたって寝込んでいた母は、私がここを出た日よりは元気そうに見える。

目が合うなり抱き締めてきて、その力の強さに思わず苦笑いになった。

「もう！　あなたって子は……！　後宮に入ったと思ったらお貴族様の妾（めかけ）になって戻ってくるなん

て……！　どうしてそう突然あれこれ……」

「え？　妾？」

一体何の話だろう？

私はきょとんとしてしまう。

隣にいた仁蘭様も「どういうことだ？」と理解できていないみたいだった。

「母さん、何か勘違いしていない？」

「でもよかったわ！　無事に帰ってこられて」

話を聞いて？

興奮状態の母に私の声は届いていないらしい。

いったん母に落ち着いてもらおうとその腕から強引に逃れると、ずっと変わらない丸顔の父が申し訳なさそうな顔で仁蘭様に深々と頭を下げていた。

「このたびは当家までお越しいただき、誠にありがとうございます。采華の父でございます」

「紅仁蘭です。出迎えに感謝いたします」

「いえいえ、もったいなきお言葉で……。紅家の方には狭いでしょうが、どうか中へ」

「ありがとうございます」

父の額やこめかみから、目に見えるくらい汗が噴き出ている。

そうだった、紅家は庶民の間でもその名が知れ渡っているほどの名家なのだ。少しの粗相もあってはならないと父が緊張するのももっともだった。

きっと「ここで怒りを買えばまた店が危機に陥る」と心配しているのだろう。

そうよね。私と流千にとって仁蘭様は仁蘭様だけれど、普通の人の感覚だと仁蘭様は雲の上の存在なのだ。父の態度を見てそれを思い出した。

仁蘭様も父の考えていることがわかったようで、少し困った顔でこちらを見てきた。

「事前に文は出したのだが……范家の当主はおまえたちとは違うのだな」

「すみません、私たちはどちらかというと祖父似でして」

父の父、今は亡き祖父がおおざっぱで行動的な性分だったと聞いている。長い付き合いのお客さんや親戚からは「おじいさんにそっくりだね」と小さい頃から言われていた。

「とにかく中で話しましょう」

私はそう言って仁蘭様を母屋の中へと案内した。

建物の中へ入ると、薬草の匂いがする。

これもまた懐かしく、私は大きく深呼吸をした。

「ああ～！　帰ってきたって感じがします～！」

そう言うと、仁蘭様はくすりと笑っていた。

もう二度と戻れないと覚悟して出てきたのに、帰ってくると喜びで胸がいっぱいになる。

「流千も帰ってきたらよかったのに」

「あいつは『またそのうち』と言っていたのだろう?」

「はい。おそらくは帰る必要性がないと思っているのだと……」

元気なのは文で知らせたんだから別にいいじゃないか。それが弟の言い分だった。

両親も流千の性格がわかっているので、特に不満を漏らすことはない。「そういう子」という認識みたいだ。

客間にやってくると、円卓に仁蘭様と並んで座る。

両親は菊花茶と薬草の饅頭を用意してくれて、改めて結婚の挨拶が始まったのだが――。

「え？　妾じゃないんですか？」

仁蘭様から話を聞いた両親は、呆気に取られていた。

「はい、もちろんです。私は采華を正式な妻にと望んでいます」

どうやら仁蘭様からの文を受け取った両親は「うちの娘と紅家のご子息では身分が違いすぎる」ということで、勝手に妾の一人だと思い込んでいたらしい。

文にはきちんと『妻』と書かれていたにもかかわらず、だ。

身分差については私も心配していたけれど、紅家のご当主である仁蘭様のお兄様は快く認めてくださった。そもそも弟が結婚するとは思っていなかったから、相手が誰であっても反対するつもりはなかったのだという。

しかし父は事態を把握すると突然難色を示し始めた。

「仁蘭殿には范家を救っていただき、娘まで……となればとてつもない恩義を……ですがうちの娘はただの娘でして、その辺りにいる普通の娘なのでどうにも……紅家になど……」

妾だから賛成できた。それが父の気持ちだった。

「正式な妻となれば多大な責任が……」

うちの娘に仁蘭（ジンラン）様の妻が務まるのかと不安を漏らす。

「すみません、采華（サイカ）にはそういった教育はまったくしておらず、あなた様のお役に立てるかどうか」

視線を彷徨わせながら話す父。

一方で母は「いい縁談なのに何を言い出すの？」とはらはらした様子で見守っていた。

両親の反応はどちらも理解できる。

仁蘭（ジンラン）様の方をちらりと見れば、父をじっと見つめて最後まで話を真剣に聞いてくれていた。

ただし、美形の真顔は威圧感がある。

見つめれば見つめるほど、父は萎縮していった。

「あ、あの。本当に申し訳ありません！」

混乱した父は必死で頭を下げる。

これには仁蘭（ジンラン）様もちょっと慌てていた。

「顔を上げてください。突然求婚したのはこちらです。もっと時間をかけて説明すべきでした」

恐る恐る顔を上げた父は、不安げに仁蘭（ジンラン）様を見ている。

小動物のように小さくなる親を見るのは娘として複雑な気分だ……。

すんなり承諾したくらいだからきっと喜んでくれるだろうと思い込んでいたので、父のこの反応は意外で、ちょっと悲しい。

やっと借金のことが解決したのに、今度は私のことで心配させるのかと思うと申し訳なかった。

いつの間にか俯いていた私の手を、大きな手がそっと包み込む。

はっと隣を見上げれば、仁蘭様が「大丈夫だ」という風に笑いかけてくれていた。

「結婚を望んだのは私です。采華の今後についてはすべて責任を持ちます」

仁蘭様は父に向かってそう言った。

それは何があっても結婚をやめるつもりはないという意思表示で、私は胸が熱くなる。

「お二人の育てた采華は、とても強い女性です。何があっても諦めず、前に進む力を持っています。私はそんな采華だから妻にしたいと思いました」

「仁蘭様……」

「苦労はさせないつもりです。というより何もさせないつもりです。指先一つ怪我をさせません」

「え？　それって飼い猫みたいな……？」

私が思ってる『妻』と違いますね？

仁蘭様はまっすぐに両親を見てそう宣言した。

その堂々たる態度に二人は感動しているように見える。

いや、ちょっと待って。

私は両親と仁蘭様を交互に見て慌てていた。

「苦労は誰だってするから!?　ね？　ほら、だって、まずは持参金を稼がなきゃいけないし」

「いらん」

「いりますよ!?」

ゼロっていうわけにはいかない。

けれど仁蘭様は私が無茶をしないように「いらない」と拒否する姿勢を貫いている。

どちらも引かずにいると、母が笑顔で言った。

「大丈夫よ？　私が寝込んだときに新しい咳止めを作ったの。それが売れに売れて……」

「え？」

「倒れてみるものね！　自分の体で新薬を試せるんだもの。今までは薬屋の妻が倒れちゃだめだと思っていたけれど、新しい薬が作れたんだから本当によかったわ！」

「できれば倒れないで!?」

母は強かった。

寝込んでいる間も、飲みやすい薬湯を作るべく色々と試していたのだという。

結果的には治ったからいいものの、それはいいねと賛成できない方法である。

「だから持参金は気にしないで。親としてできることをさせてちょうだい」

予想外に持参金問題が解決してしまい、私が新たにお金を稼ぐ必要はなくなった。

何となく結婚を認めてもらえる空気を感じ、私は仁蘭様と目を合わせて微笑んだ。

しかし突然父が立ち上がる。

「どうしたの？」

「娘のために何もしてやれないのは不甲斐ない。父として娘が末永く幸せになれるよう、婿殿のためによい薬を煎じようと思う！」

「え？　ちょっと待ってそんな必要は……」

やる気を見せた父は、私が止めるのも聞かずに作業場へと走っていってしまう。

仁蘭（ジンラン）様は以前のように顔色も悪くないし、元気に働けているのだけれど……!?

残された私たちの間には沈黙が流れる。

「……えーっと、薬って必要です？」

「いらん」

「ですよね」

仁蘭（ジンラン）様も戸惑っているようだった。

「こうと決めたら譲らないのは親子だな」

「すみません」

結婚の挨拶はこれで終わったのだろうか？　終わったよね？

父が客間に戻ってくる気配はない。

「さぁ、婚儀について相談しましょうか！　正式な妻ならきちんと式を行わないと！」

母はさっさと切り替えて、話を進めることにしたらしい。

私たちは再び顔を見合わせて苦笑いになるのだった。

あとがき

このたびは『召喚ミスから始まる後宮スパイ生活　冷酷上司の過保護はご無用です』をご覧いただき、ありがとうございます。

本作は、フェアリーキスさんでの四作目となります。

皇帝陛下に会えない不遇の妃……でも諦めない！　という逞しい采華（サイカ）と、好奇心旺盛で自由奔放な弟・流千（ルーセン）の二人が気に入っています。

また、二人に振り回される仁蘭（ジンラン）がかわいそう&カッコいいので大好きです。

憧れの凪（なぎ）かすみ先生のイラストでも、仁蘭（ジンラン）がだんだん陥落していく様子が表れていて嬉しいです！　見れば見るほど不憫なイケメンですよ……!!

総合的には采華（サイカ）より流千（ルーセン）に迷惑をかけられているような気がしますが、そこは流千（ルーセン）のかわいさで見逃してほしいところです。物語が終わっても、三人＋一匹で末永く楽しく暮らしていくんだろうと想像が広がります。

読者の皆様にとって、本作がお気に入りの一冊になりますよう祈っています！

柊（ひいらぎ）　一葉（いちは）

召喚ミスから始まる後宮スパイ生活
冷酷上司の過保護はご無用です

著者　柊 一葉
イラストレーター　凪 かすみ

2024年12月5日　初版発行

発行人　藤居幸嗣

発行所　株式会社 J パブリッシング
〒102-0073　東京都千代田区九段北3-2-5 5F
TEL 03-3288-7907　FAX 03-3288-7880

製版所　株式会社サンシン企画

印刷所　中央精版印刷株式会社

ISBN：978-4-86669-723-9
Printed in JAPAN